U0152299

半生魂夢與纏綿

鍾玲玲《玫瑰念珠2018》讀後

翁均志　著

作者簡介

翁均志，香港中文大學英國文學榮譽學士。大學二年級獲獎學金赴美作交換生。三年級代表中大，於當時兩間大學一年一度之英語辯論比賽獲勝，並得美國銀行獎學金。大學畢業時獲美國雅禮協會 Yale-China 獎學金赴美攻讀比較文學，後又於英國獲英美文學及翻譯學博士。

編有《粵語正音手冊》（合編），由商務印書館出版。翻譯《文學翻譯規範的本質和功用》一文，收錄在《西方翻譯理論精選》一書中，由香港城市大學出版社出版。另有《美人經卷》、《紅樓隔雨》、《三生同聽一樓鐘》數書，由珠海出版社出版。

香港奇書——出版緣起

四字足可說明此書：嘖嘖稱奇。嘖，擬咂嘴、說話聲；人言嘖嘖，眾說紛紜。此書幾近無所不包，縱貫屈原歌，橫亙名儒述，跨時空超宇宙都只為一部書：鍾玲玲《玫瑰念珠 2018》（水煮魚文化，2018）。《半生魂夢與纏綿》（下稱《半》）查考的並非鍾玲玲一代文青如何構成、哪個作品影響鍾玲玲當年書寫《玫瑰念珠》（三人，1998）。《半》產生的年份，大約在《玫瑰念珠 2018》（下稱《玫》）出版開始，從二〇一八年寫到二〇二〇年左右，作者足足花了兩年多細讀《玫》，寫了六萬餘字「書評」，令人想到羅蘭・巴特一九六〇年代開班研讀巴爾札克《薩拉辛》後整理出版的《S／Z》，這部奇書開啟閱讀與書寫的多種可能；用書寫來閱讀的形式，開拓作者日後《戀人絮語》更大膽的實踐，用另類散文（接近詩的）方式，為一個以學術研習為基礎的書寫，尋得普及契機。

《半》此書全屬個人寫作，不是課程產物，卻比羅蘭・巴特《S／Z》的演繹更誇張、更完整，緣《玫》而發，看似隨意起興的筆觸，幾個段落就可跨越時空，文學批評的工夫讀來毫不著迹——一章讀完，回顧細嚼，似有所得；再讀兩章，再三翻讀，終於明白。詳讀下去，自會發現它的「起興」、間有賦詩的書寫行動，有羅蘭．巴特一樣「參與」的特質，又有羅蘭．巴特所無的古典淬鍊，甚至用古典文學批評作為肯定《玫》小說成就的方法。

作者明顯學貫中西，古今中外文學典故於他而言，彈指之間，一觸即發，帶領讀者從《玫》到文學中國的源流，不到兩個段落又牽著讀者跑到現當代西方各種學術範疇。此書到了「玫瑰遺珠」一章（出版僅屬部份內容）竟已發展為適合書評專欄發表的形式。

像我這一輩資深讀者，讀到這部奇書的震撼，實在是太大了！作者既尚古又通今，看來根本不會有興趣讀香港小說，卻花這麼長的時間一筆到底，寫出一部連香港書評人都做不到的書。我們會問：這到底是從哪裏冒出來的學者？為甚麼放下學術筆桿來這種書寫？這種閱讀刺激，只能與我們在文青時代讀到《S／Z》時的震撼相比。

回顧《半》出版前一年的電郵往來，何嘗又不是個震撼：「你好，我是李金鳳，我向許廸鏘問取你的電郵……」晚輩如我，讀到電郵出現了書架某書作者真身，隔著屏幕也感緊張。翁均志先生這部著作結集出版，源於香港作家李金鳳電郵這句開場白。

一如李金鳳詩「一個行人經過暗澹的路燈／偶然回頭／認出了瘦長的青春／字行間度過悠長的死亡」，翻查這封電郵眨眼又過年餘，翁均志先生《半》終要出版了。輾轉間，出版事務到了香港詩人癌石手裏，某日我們相約在咖啡店細談緣起，知悉奇人奇緣奇事奇景，深感整個事情真的只有香港才會發生，也只能在香港發生。

感謝一眾前輩信任，這一部奇書的出版重任，交到我手上。有幸參與、見證，一部奇書的誕生。

（文：袁兆昌）

前言後語

詩人洪慧問我對《玫瑰念珠 2018》有什麼看法，我突發神經說：我覺得這是鍾玲玲的最後一搏，她根本不理會讀者如何看或怎麼看，令我想起金庸武俠小說的楊過，不顧一切，縱身跳落懸崖那樣的決絕、視死如歸。洪慧說他可以理解把鍾玲玲與張愛玲放在一起比較，但就怎麼也想像不到由鍾玲玲可以跳躍到金庸……

初看鍾玲玲的《玫瑰念珠 2018》說不上什麼原因很是震撼，寫了一首讀後詩：

天鵝之歌

一、悲鳴

彌敦道的驚濤駭浪怎會聽到樓上小女孩沙啞的悲鳴

二、屈辱

維港兩岸的車水馬龍又幾時會理睬岸邊少女無關緊要的屈辱

三、創傷

輕飄飄的幾頁紙怎能承載她無由的創傷

四、玫瑰

瑪利亞抱著十字架下的愛子何嘗有多餘的眼淚

五、念珠

問鬼神問蒼生念珠何能給她卑微的悲憫

六、叮嚀

誰會顧及一個弱女子臨終的叮嚀

七、我問

最後有人會聆聽她為自已唱的輓歌嗎

鍾玲玲聽了我的震撼之後，她以一貫的謙卑回覆說：「如果我們不是朋友，你根本就沒有閱讀《玫》的可能，（更談不上震撼）。」是嗎？如果我不認識她，我會有這種感覺嗎？這種疑惑令我相當困擾。後來李金鳳叫我為《玫》寫書評，我那裏會寫什麼評論文章？想起不如找一個不認識鍾玲玲的人看看，順便叫他寫一篇書評。想不到這種莫名其妙的請求，此人竟然答應，還說三幾天就能寫完。一個多月過去，沒有任何動靜，我問他書評寫的怎麼樣，他答：「未寫，鬼叫你半個老友寫出如此犀利之作，我匆匆翻閱，嘩，意象繁複語氣焦慮，又天又地又生又死……」最後書評要一兩年後才完稿，還一寫寫了四五萬個字，折騰了一年多也沒有地方肯收容刋登如此「鉅」著，最後沒辦法還得由李金鳳出面找到了袁兆昌幫忙才能成功面世。

（文：癌石）

代自序

翁均志

其一・虞美人・摩訶池

摩訶池上前遊地，
風日留人醉。
相逢隔世淚霑衣，
波面飛花雲影尚徘徊。

遊人各自尋歸路，
九點齊煙暮。
惺忪回望木蘭舟，
霧裏江山如夢蕩新愁。

（郁達夫有詩道：「水調歌頭初按拍，摩訶池上卻逢君。」「按拍」用花蕊夫人「旋炙銀燈先按拍」之典。摩訶乃梵文偉大或大智慧之意。摩訶池本在成都市中心，唐宋以來都人遊冶，秋月春風，盛事有比長安曲江者，李杜陸游皆曾有詩歌詠，蘇軾《洞仙歌》「冰肌玉骨，自清涼無汗，水殿風來暗香滿……但屈指西風幾時來，又不道流年暗中偷換。」句子本出自後蜀孟昶，而孟之原作，所寫正是摩訶池上事。此池後來愈縮愈小，最終填為平地。近年發掘出遺址文物，勝地不常，今日成都博物館所在地僅屬原池西南一小角。

緣起：與子同舟

本書之成，頗多機緣巧合，環環相扣，缺一難圓。而雲萍偶聚，偏能同氣連枝，先是老同學張生索稿，而此張生耐心有比西廂待月者，一待經年。後來纔知他是受友人李金鳳所託。到我文章寫就，卻因太長須大事刪減纔可投稿，但又有不同意見者，就中素未謀面之陸離大姐據謂亦期期以為不可，最終仍是由李金鳳出手，與出版界袁先生聯絡，由袁先生向藝發局申請資助，使全文得以付印成書。李袁互不相識，有似小說作者鍾玲玲與我從未見面。原來一事之成，冥冥中每得自多方好意及助力。而我與諸君子不識不知卻又似曾相識相知。無窮天地，萬億蓮花，一彈指頃，佳客同船。此中因緣，渺渺難解。）

其二・臨江仙・讀《玫瑰念珠 2018》

淪謫猶憐燈下淚，相思鳳紙重陳，東南多夢易黃昏，城烏傷共命，江雁惜勞魂。

地變天荒疑定數，藍田能幾氤氳，月明珠淚濕殘春，故家全逝水，滄海半揚塵。

（陳寅恪「聽讀清乾隆時錢唐才女陳端生所著《再生緣》」感賦：「地變天荒總未知，獨聽鳳紙寫相思，高樓秋夜燈前淚，異代春閨夢裏詞……」又道「上清自昔傷淪謫……」）

目錄

3.3 讀為何物　腦亦何能

3.4 救贖有恩　死生無間

3.5 遺恨無窮　死別吞聲

4.1 創傷之筆　離散之民

4.2 張鍾並讀　得其異趣

4.3 他鄉舊國　一樣魂纏

4.4 不知喪失　是真喪失

4.5 此情難去　久久流連

4.6 亂世之心　感時之淚

5.1 鄉夢非夢　鄉愁非愁

5.2 思從象外　窺其圜中

5.3 誰賓誰主　是我非我

5.4 抒情史詩　時代個人

6.1 宗教情懷　人天之感

6.2 生命之力　死滅之哀

6.3 誰曰無衣　誰憐小鳥

6.4 歡者自歡　哀者自哀

6.5 天花黏滿　人我皆病

6.6 來日大難　解脫何方

7.1 匆匆翻閱　廢卷茫然

1.1

引言：坐來雖近　蒼梧之遠

「你是故意搗蛋的，讓給你坐你不坐，不讓你坐你卻偏要坐。」——地鐵上，一位四十左右的母親在罵她的大女兒。這大女兒約八九歲，小女兒則五六歲，頭兩側梳著辮子。母女三人，祇得兩個座位。媽媽先是與小女兒並坐，大女兒站了一刻，便擠到母親與妹妹中間挨着坐下，不一會母親啐了一口，有點厭惡之情，站起來空出位置讓兩小姐妹一起坐。過不多久，那剛剛坐下的大女兒又站起來，不坐了。母親哼了一聲，又重新坐下來。

大女兒見母親與妹妹一起，又再次硬擠到兩人中間。母親見此又站起來，怎知大女兒卻又再站起讓出空位，如是者兩三回，母坐女坐，母站女又站。母親終於火了，提高聲調：「你怎麼老要鬥氣，你也不看你妹妹，一直乖乖坐着，那像你。」大女兒低下頭默默無語，小女兒祇管笑嘻嘻望著母親。到我下車時，腦裏仍是那重複數次的一坐一起、一罵再罵的情景，尤其是大女兒怯怯無言，一臉惘然無奈，卻裝著若無其事自得其樂的神情。

詩文常要表達的心靈孤絕，原來親如母女，朝夕相對，亦真的一樣當面不識不知，車走雷聲而語未通。也是李商隱的詩：「青溪白石不相望，堂中遠甚蒼梧野」指的是共處一室，卻似千里之遙。女兒要與媽媽妹妹擠在一塊，大夥兒排排坐，如此方踏實安心，根本不是貪玩鬥氣，即使不免有些爭寵吃醋。座位之旁，挨着身子，雖同血脈，不相通就是不相通。有時在街上見大人責罵孩子，狠狠地問：還敢不敢還敢不敢。孩子低頭說不敢了。但罵多幾句後，再要孩子說清楚不敢甚麼，孩子每說不出來。「你要我說不敢，我就祇好說不敢。」其實有些大人亦未必記得最先是責備孩子甚麼來的。委屈而不自知委屈，長期渴望被愛而不自知渴望被愛，在壓力或沒安全感的環境長大，會不會影響將來對世界對人生的看法，連談吐也不自覺流露出一種迷惘悲觀呢？

至於惘然、檻外、邊緣、夾縫中、零餘 superfluous 人（清末民初傳統士農工商社會解體，讀書人於新社會似無處安放，零零舍舍多了出來。譬如郁達夫的小說《沉淪》及《銀灰色的死》等便是關於主角此等「多了出來」的無用之感），這種種負面情緒，小孩自己不知，家長也不覺，但遺害比起顯而易見的鬥氣或錯誤行為，更能影響甚至塑造孩子的一生。心理分析學派認為小時候壓抑下去的經驗每成了將來的潛意識，未知小時的冤屈與創傷會不會這樣如幽靈纏繞一生。法國的盧梭便在其《懺悔錄》中說過，小時候受到寃枉，常不懂訴之於口，大了見到有人被欺負便會無明火起，在街上見人拿棒子追打狗隻，他會忽然怒不可遏挺身制止。他這自述，成為後來小說中常見的訥於言辭之主角 inarticulate hero 雛形。

初翻《玫瑰念珠 2018》，深感其強烈之焦慮語氣。其實更應該說，是感其語氣中所隱含那種說不出的焦慮。印象最深的竟不是其所說，而是其所未說，是別有傷心事豈知那種抑鬱，當事人亦未必清楚。西方文學常描述一種說不出來的憂傷 ineffable sorrow。海明威在 *In Our Time* 的年輕主角，甚至似有創傷後遺症。《玫》書作者千言萬語，所道者身世，難言者或乃大離散 diaspora 之哀。個人在風雨飄搖之中，正所謂不知涕泗之何從也。而地鐵觀人也好，閱讀文學作品也好，若能產生一種 living relationship 或 existential understanding，較能揣測其意，此亦是詮釋循環之始。

1.2 觀書閱世　都是旁人

母子連心，孩子既是她所生，是她從小養大的，我這旁觀者雖自覺頗識那大女兒之委屈心事，又焉知此母親其實並無誤會女兒，而大部份旁觀者也可能覺得此女孩就真的衹是反叛鬧意氣而已。即使那小姊姊自己，也未必能明白自己的心事。天道難言，人事難知，真相或永遠還諸天地，或潛移到文化心靈中。譬如中國文人喜談伯牙子期的故事，也常用王昭君之典，抒發的自然是知音難遇，賢人遭忌的心事，那已成了一種民族潛意識。而棄婦 abandoned women 更是詩詞的母題，就中以詞的掩抑委宛，欲言又止的傳統，最配合寫幽懷難訴而又不得不訴的心事。南唐君臣如中主及馮延巳，都心知快要亡國了，詞中總帶有天要塌了殺到來了的惶恐淒涼。南宋詞人如張炎王沂孫等，則將是或已成亡國之人，正是亡國之音哀以思；清末詞人王鵬運陳曾壽等，都生當改朝換代之際，皆可謂傷心人不堪聞問。作者受傷之心，負創之筆，遺詞和語氣都透出端倪，露出一種現象學家所說的思維樣式 pattern of consciousness，自己未必覺察，讀者卻不難感到那處處流露出來的不安。

包特曼 Rudolph Bultmann 認為，評論家之解釋能否成功，每與其是否為作品所感動有關，亦即與作者有否產生共鳴。我讀現代文學，常未覺有太多共鳴，但也明白知人論世每與品評文章有相類之處。曹丕《典論》有名句云：「氣之清濁有體，不可力強而至，雖在父兄，不能以移子弟。」原來父子之親亦各有稟賦，各有所思所感，就中更牽涉佛家所謂之根器，所說之相應、對機、契入種種。詮釋論認為讀者的主觀意見不能排除，甚至應該對詮釋客體先生出一種預解 preunderstanding。先入，不一定為主；不先入，則難以體會。如此，感到《玫》是憂患之書，作者是憂患之人，心有難言之痛，算是重要之第一步。

捷克學者莫卡洛夫斯基認為作品之有美感價值，而非工藝成品 artifact，端賴有否讀者去欣賞，有欣賞則作品方成為美感經驗的對象 aesthetic object。再沿此理論推衍，則王國維論詞獨標境界，而境界可視作讀者意識與作品所呈現之世界相會之處。沒經過讀者之感受與重現，沒境界可言。而讀者感受與書中世界融合無間，則作品為之不隔。現象學所謂與昔人或作者境界交融，亦無非此物此志。但讀者之接受欣賞亦要有所本，不能天馬行空。所本者何？就是作品所潛藏之特質。伊塞爾 Iser 認為文字亦是符號，總隱藏著一種「暗含的功能」Potential effect，而經過細心品讀 close reading，每能發現其隱含之幽光。

1.3
聞歌見舞　未必相識

二十世紀初，不懂中文的龐德 Ezra Pound，靠已故哈佛教授 Fenollosa 遺孀寄贈亡夫遠赴日本學習漢詩之舊筆記本，大膽把漢詩英譯。蓬山萬重隔而又隔，但偏偏每多神來之筆，就中李白「問余別恨今多少，落花春暮爭紛紛。言亦不可盡，情亦不可極」幾句，他有本事半譯半作，寫成：

And if you ask how I regret that parting:
It is like the flowers falling at Spring's end
　Confused, whirled in a tangle.
What is the use of talking, and there is no end of talking,
There is no end of things in the heart.

語氣帶一種素人之哀，是尋常世景的惆悵，令人想起古詩十九首的悠悠人世，有限而又無窮，缺憾中滿是莊嚴。而那種相對難言，訴之難盡，正似那地鐵母女的阻隔。說來做甚麼？又有甚麼用？但偏有文人硬要把這種說不出來的情愫留下人間。一種淒涼，萬般無奈，有似鐫在青埂峰下那塊石頭上之文字。《玫》書作者，常似有此種哀意，說不清依然要說，書中盡多母親子女之隔膜哀愁，無盡的關心，難解的心結，道不出的憂患。拼盡氣力，絮絮滔滔。問君知否，問君知否。君當然不知，知就不須你問了。但不知者或永遠都不會知曉的了，那你還一定要說嗎？要說，生要說，死也要說。

而旁觀者不知真相，也一如落花繽紛旋轉，卻與流水各自無情。讀者與評論者不知作者原意，因為衹能從自己的經驗出發，最後又回到自己的文化背景中，得出想得的結論，成一詮釋循環 hermeneutic circle。旁觀者收到的都是零星印象，且往往都是自己想要接收的東西。看戲的各有看戲的觀點視野，而台上台下更各自肚腸。庾信的《望美人山銘》有這幾句：「樹裏聞歌，枝中見舞，恰對妝台，諸窗畫開，斜看已識，直喚便迴。」現實中卻多是直看不識，喚極不回，甚至愈叫愈走。來的都是自己要來，不是因別人呼之而來的。

現象詮釋學派之中對能否知道作者原意也有很多相異觀點。例如伽德瑪 Hans-Georg Gadamer 便認為，讀者與作者達至境界交融 fusion of horizons 是不可能的，因到最後讀者衹能基於自己的經驗，得出的衹能是衍生之義 significance 而非作者本意 meaning。而赫爾希 E. D. Hirsch, Jr. 及 Emilio

Betti 等則認為原意是可以還原的。中國傳統批評亦多抱此念，即作者之意可以還原。而最能確定的，是不論真知或假知，猜對或猜錯，都永無對證。即使有作者跳出來說揭曉真相，也未成其定案。讀者可振振有辭：你這句那句，明明有此含義，故應作如是解，不是你說原意是甚麼就是甚麼。此亦常州詞派譚獻所謂：「作者之用心未必然，而讀者之用心何必不然。」現略改《紅樓夢》中句，正是：

又見荒唐言，依舊辛酸淚，遙憐作者痴，試解其中味。

1.4 三層閱讀　九章之思

尤斯 Hans Robert Jauss 在其《接受美學》經典之作 *Toward an Aesthetic Reception* 一書中，將閱讀分為三個層次：

第一層是美感之感知性閱讀 aesthetically perceptual reading。

第二層是反思地闡明性閱讀 retrospectively interpretive reading。

第三是歷史性閱讀 historical reading。

本文第2至5章乃依尤斯所道之三個層次逐一討論《玫》。第一二層應該分又不易分，先感知然後反思，但反思中時有新感知又或令感受加深。此二項本文每併而論之，然分中有合，合中有分，是為本文之主體部份。多年前在美，一位讀哲學的葉姓博士生，亦是殷海光從前高弟（殷死前談及各學生，曾盛讚此人感覺敏銳），談論當時嚮譽美國台灣的中國文學批評家，說彼輩毫無感受，衹懂理性地作出機械化的分析，而正確的次序應是先對作品有感受，再回頭研究其中成份。當時深然其說，其後多年纔接觸到尤斯理論，方悟他們英雄所見略同。

尤斯所說之第三層，即歷史性質之閱讀，又可分兩類：一是作者的生平與時代背景，二是其作品之接受史。這兩項見於第4章及第5章，但重心將會改動，捨作者之生平而論其大時代大流亡的大環境，探討作者之性情筆觸及憂患之源，指出貫串全書之傷感「沙啞」聲音，滿是離散與遺民書寫之蒼涼色調。又將作者與一位前輩女作家比較，間接探討文學接受之種種問題。前輩者誰？祖師奶奶是也。第6章闡述古典主義與現代主義之種種特質，從文學發展的角度解釋《玫》書難讀之原因，並指出所謂接受史每與文化背景及社會發展息息相關，此章亦可視作是鞏固第4及5章之討論。第7章總論《玫》書之思想特質，有一種人天哀意，缺少者是民間的興旺酣暢，俗世的飽滿淋漓。而《玫》書之特色在其語氣，怨而甚傷，不能自已，一如歌者邊唱邊落淚。第8章結論，總括書中之悲劇意識，及其令人興發感動與怨慕之由。

《玫》書結局富象徵意義：隱晦的文化鄉愁與廣義的遺民心事，離散之人藉創傷之筆自書身世，千里來龍到此結穴，宜乎曲終作變徵變羽之聲，而此正是春蠶到死之時。第9章是以舊詞詠小說，既是抒發讀後感慨，也算是提供一種另類的讀者反應角度。書分九章，固是偶然，卻無端聯想到陳寅恪在其名山之作《柳如是別傳》中這幾句：「夫三戶亡秦之志，九章哀郢之辭……以表彰我民族……自由之思想。」讀者若覺此文如難羈之馬、不繫之舟，苟三復寅恪先生之言，則余懷若揭。美國學者孟肯 Mencken 則說評論者每是藉評論別人來表述自己之文學觀念，其實這本是自然而然避無可避之事。而此文寫就，於我亦有幸甚至哉，歌以詠志之感。

1.5 以詩為鏡 照花前後

話說當年梁實秋與冰心同船赴美留學，舟中相遇，梁問：「您是唸甚麼的？」「文學，您呢？」「文學批評。」梁答。女方無癮，談話遂止。文學批評原來就是這麼不討人喜歡。筆者長期困繞於西方文論之研讀，興趣卻在英詩及中國詩詞，是故所評每與中西詩論角度接近，希望不成其障礙，若更能別開生面，亦是所盼也。用論詩之法評小說，還有以下原因：若小說多用對白，則與戲劇為近；幾全不用對白，則去詩不遠。艾略特曾說詩有三種聲音 voices，第一種是自己說給自己聽的，旁人祗不過是無意聽到。此種抒情聲音其實也就是《玫》書之敘事觀點。此文將《玫》書作者與張愛玲比較，因張以比喻精妙見稱當世，其描述每多象外之意，皆與詩詞所謂意境為近，亦宜乎以談詩方法品評。

柯立基 Coleridge 有言：「不管散文或韻文，所有成功的文學創作都是詩。」而陳世驤曾說中國文學的精粹在詩（與夏志清等人剛相反，夏當年曾語人——包括對在下說——中國詩並無足觀）。小說家阿城則認為，《紅樓夢》之所以是中國古典小說之頂峰，竟是因為詩的緣故。不是小說裏角色寫的詩，而是曹雪芹將中國詩的意識引入小說。張愛玲為學雖不大近舊詩一路，其小說勝人處卻正是舊詩之韻味。華麗雜蒼涼云云，以至人物衣飾景物，情節環境皆有一種詩意，寫內心以至對白，每援引詩經之句突顯那種一時難以明言的感情。阿城謂《紅樓夢》一如詩，聯綴那些「實」，也就是「象」以後，「卻產生一種再也實寫不出來的『意』」。他說：「曹雪芹即是把握住世俗關係的象之上有個意，使紅樓夢區別於它以前的世俗小說。」張愛玲於人物情節以及文筆，都有一種深雋意韻，辛辣中每有甜香與聲色之美與媚。阿城亦說過，中國古典文字中，只有詩裏有意識流（葉嘉瑩曾謂吳文英之詞近意識流，但如此引用番邦學說，當時便被台灣的高陽甚至琦君痛罵，指挾洋自重之類）。用阿城之說，則《玫》書作者之筆法——即內心獨白、意識流及意象跳接，語句重複等技巧，亦近舊詩之詞斷意連迴環覆沓及言志傳統，非徒指情懷韻味而言。

2.1 匆匆照面　祇見浮光

此章屬尤斯所謂之第一層閱讀。《玫》書記述的是與母親陽桂枝，兒女文生和愛菲的心理糾纏及親情矛盾。愛得來滿是阻隔，既與上一代疏離甚且無話可說，又與下一代像很多話卻總說不清。《玫》書中所呈現之世界為何？曰紛亂、阻隔、孤絕、斷裂。述及之情事充滿矛盾：生與死，聚與散，中與西，今與昔，愛與憎，寫得出與寫不出，悟與不悟。

薄薄一書，觸目是大堆跳躍的意象，呈現一片片感官經驗 sense perception，有如艾略特眼中之定向疊景或稱客觀投射者 objective correlative，又如一河意識恣意流淌 stream of consciousness，迂迴曲折，又回汐重經 flashback，滙成全書之中心思想。意象則多屬佛萊 Northrop Frye 基型理論 Archetypal criticism 的秋冬之景：敗葉、枯林、血污、解體。要而言之，盤繞全篇的每是廣義之愛與死亡，亦是古今中外最常見之兩大母題，《玫》書實將二者合而寫之。

就中「寫作」之為物，既融合在生兒育女之辛苦與愛恨裏，亦牽繫到消逝與留名的亘古奈何中，既可視之為第三主題，亦可視作愛情與死亡之混合主旨。但書中屢次自我推敲，思前想後，探求寫作此活動本身是甚麼一回事，又似舞臺之上，劇中人對著觀眾細論自己出場的作用，此角色該怎麼演纔好，在劇情中到底有甚麼意義。這種技巧，該起一種疏離作用 alienation effect，將觀眾推遠，提醒他們：冷靜些，你們在看戲而已，要保持客觀評賞的態度。

2.2 是我非我　非我是我

傳統英美文學批評，討論詩的作者，要用 the speaker 一詞，因句中人祇是抒情之我 the lyric “I”。論小說情節故事則用 the narrator，因故事中的我，僅是虛擬，是作者之面具。但也有女學者漢柏格 Kate Hamburger 從心理角度看，認為所敘之事皆是真實傾吐 real utterance，其情感都可回溯到作者自己，作者是此經驗之主體 experiencing subject，所述者盡是其 lived experience 或 heightened experience。而《玫》書作者那樣自言自語，有似戲劇之獨白 monologue，接近中國抒情傳統，是故又如中國詩般難分何者為我，何者為敘述者。而在自言自語之中，同時亦是向天低訴，似唯恐人知，卻又唯恐天不知。

現象學認為意識所向，定會留下蹤影，而偉大作者必有獨特心靈，譬如中國的屈陶李杜，西方的奧絲汀、狄更斯，左拉或福樓拜，風格都鮮明易見。蓋細讀之下，作者的稟賦特徵，具體而微，遣詞造句以至慣用之意象，如烙印或指紋般藏在作品之中。現象學者米勒認為每一作者都有自己之風格，其思想之特質、感情之根源，乃其所有意識活動之所本，故千絲萬縷，萬語千言，全出同一主體，屬同一文心。而傳統文論之所謂風格即人格，亦出同一機杼。《文心雕龍》所述之應物斯感、感物吟志，與現象學所注重之內心世界接觸外物時所產生之特定反應，是很相近的觀察。《玫》書既似日本私小說之自道平生，又似盧梭《懺悔錄》一類之坦承傾吐、感喟自傷。作者回顧平生，所悔實多，而年華將暮，空賸遺恨無窮。《玫》書作者雖不是直訴半生之誤，亦焦慮傷心，不能自已，縱非長歌，等同痛哭，是故有別於一般創作小說或想像文學之虛擬主角，而較近中國傳統詩詞。叙述者雖未必就是作者，情節容或有虛構成份，但其強烈感情之本質，在在指向作者自身。

法國學者羅蘭巴特 Roland Barthes 曾將文學作品分為兩類，傳統的寫實小說是「可讀的」*le lisible*；而另一類則晦澀難明，他以法國新小說為例子，讀者不可以被動接受，必須參予其創作活動，不斷補充空白，自己填上文本沒提到的情事，此為「可寫的」*le scriptible*。前一種主要是流行作品，供讀者消遣娛樂 *plaisir*。《玫》叙事之跳躍閃動，迴旋隱藏，讀者得打醒精神，隨時將自己所感所學所想，加入文本之中，方能約略尋出引線灰蛇，得出起承轉合之機，此書應為「可寫的」無疑也。是故我之評論，每多作者所不曾作之語，蓋此書屬他人有作，別人得而寫之一類。

2.3 舊時月色　彩筆新題

歌德寫浮士德（並非Marlowe那齣），足足用了一生，從少年寫到死前，整劇如汪洋大海，將平生感悟與慨嘆寫了進去。葉慈 Yeats 晚年重寫早年詩作，有論者認為多此一舉，Yeats 這樣回答：

Those friends that have it I do wrong
Whenever I remake a song
Should know what issue is at stake
It is myself that I remake

末句說：重新創造的，其實是他自己這個人。《玫》書第一章最後有這句：「重寫就是嘗試趨近的意思。」故意不說明趨近甚麼，可以是趨近欲記之事實，亦可以是趨近自然之道或趨近自己之心靈。牟宗三曾謂：少年看聰明才氣，中年看功力學問，晚年看境界。如此也可以說，所寫雖是同一東西，或大致相同的事，但已是不同的人生和境界。暮年回首，是山是水都不是問題，重要的，是他這個人、他這個人帶着一生的閱歷再去敘述，讀者看到的是他整個人生，有如「一毛孔中，萬億蓮花，一彈指頃，百千浩劫」，音樂評論有所謂晚期作品。人之修短難言，如李商隱之《錦瑟》詩，論者多認為乃其晚年壓卷之作，其實商隱死時纔四十六歲，晚期云云，姑且視作大成之後固定下來不再大變的風格。

小時讀武俠小說，知有「雁邱」一詞，甚感其末句吊在半空，怪其似有未完之意。後翻詞書，知還有下半闋，詞之前更有短文，方知好戲正在此小序及後半闋，而作者真意就在此兩處而非世所熟知的上半闋（「問世間，情是何物，直教生死相許？天南地北雙飛客，老翅幾回寒暑。歡樂趣，離別苦，就中更有癡兒女。君應有語，渺萬里層雲，千山暮雪，隻影向誰去？」）問世間云云，主要是鋪排後面作者想說的焦慮與冀盼。詞前小序是：

「泰和五年，乙丑歲，赴試并州，道逢捕雁者，云：『今日獲一雁，殺之矣。其脫網者悲鳴不能去，竟自投於地而死』。予因買得之，葬之汾水之上，累石為識，號曰『雁丘』。時同行者多為賦詩，予亦有《雁丘詞》。舊所作無宮商，今改定之。」

詞之下半闋是：

「橫汾路，寂寞當年簫鼓，荒煙依舊平楚。

招魂楚些何嗟及，山鬼暗啼風雨。
天也妒，未信與，鶯兒燕子俱黃土。
千秋萬古，為留待騷人，狂歌痛飲，來訪雁丘處。」

泰和五年作者聽捕雁者之言及寫「舊作」時剛十五歲，到「今改定之」並配以宮商已是數十年後暮年之時，中間隔了什麼？發生了什麼事？改定之後又有什麼特色？現在見到想到甚麼便寫甚麼好了，還翻出年輕時不依詞律的作品來改寫作甚？

原來其間作者所效忠之金朝滅亡。上半闋僅是一時一地之情，但加了後半闋，與歷史文化編織在一起，將一時一地的悲哀，與一生之焦慮及今古人天之哀怨連寫，把個人之感觸擴大到亙古之悲哀。悲哀者何？曰寫作，曰留痕，要讓後世同此感受者閱此篇而同聲一哭。君應有語，君應有語啊。近人衹賞上半闋而不知有下半闋之天風海雨，恢宏壯濶與深恨濃愁，是誠買櫝還珠。符號學有文化語碼 cultural code 之說，婦人稱夫曰君，士大夫說皇帝又曰君。詞人用婦人語氣作問君之語，指的往往是君父而非夫君。鄭騫《詞選》錄元好問此詞，但在註釋卻說「此詞在當時頗有名，楊果、李治皆有和作。張炎詞源亦曾稱之云：『妙在摹寫情形，立意高遠。』以今觀之，似無甚佳處，小題大作故也。」鄭氏詞學專家，讀此一代詞人半生傷痛嘔心瀝血之作，卻竟然不識不知，漫作輕浮貶語，令我想起那地鐵小姊妹的母親，對別人的心事漫不經意。此詞末數句：「未信與、鶯兒燕子俱黃土。千秋萬古，為留待騷人……來訪雁丘處。」念茲在茲，就是心事能傳，孤憤不至湮沒。而詞前小序所云「累石為識」亦是莫失莫忘，要於天壤間留個記認。

若再與元好問另一首《邁陂塘》（「問蓮根、有絲多少，蓮心知為誰苦」）並讀，不論詞牌及詞前小序之意，用同一韻部，同是殉情主題，並恐事去無人知曉（「幽恨不埋黃土……蘭舟少住，怕載酒重來，紅衣半落，狼籍臥風雨。」），則元好問之苦心更為顯豁。加上其在「小序」中暗用《史記》筆法（「沁水梁用時為錄事判官，為李用章內翰言如此。」而「項羽本紀」最後便是這樣，如說某某是某某的丈人，某某又對某某說，而我則聽自某某。《玫》書作者亦常用類似之法，示人以真實紀事）。而「小序」末又無端加此幾句：「……『咀五色之靈芝，香生九竅；嚥三清之瑞露，春動七情。』韓偓《香奩集》中自敘語。」而韓偓何許人也？唐末避黃巢亂時有詩云「偷生亦似符天意，未死深疑負國恩」，則元好問填此二闋之意甚明。以其一首

《邁陂塘》看兩首，再以兩首證一首，借循環詮釋之法，其弔金之亡，以詩傳史之心跡可見。而其對文章之無窮，既盼且疑，希望而帶失望，更於兩首詞中再三致感。莎士比亞之十四行詩歌頌生命愛情及其詩作之永恆，但那是較廣泛與抽象之肯定。元好問則是具體地對此時此地此情的執著，卻苦無莎氏之自信。藝術千秋，是耶非耶，而神州陸沉，現憑一闋長歌，盼後世相知之士，能同此一哭。

《玫》書中之焦慮，也每與寫作相關，事隔二十年改寫，想來除了文字之修正，更自然把後半生之閱歷與體驗加進去。中間天地翻覆，人間又歷經幾劫。禪宗公案有道：老僧少年時見山是山見水是水，多年後見山不是山水不是水，近年看山又是山水又是水。數十年前一位日本女作家曾有如斯句子：「**一年年我的哀傷深了，漸漸的韶華燦爛了。**」用此等滄桑閱世之眼去理解玫瑰一書中年以後的改寫，再思量牟宗三說的晚年看境界，或可見《玫》書作者之自信與苦心，直欲人書一身，更可略窺作者以至今古文人仰望千秋，青史之前，戰戰兢兢的悲欣交集心情。

2.4 心魂有恨　淚影無題

作者隨意之句每露出真性情。下棋緩手不好，文章則每於閒筆見心跡及工夫。王國維《人間詞話》謂「詩……無題也，非無題也，詩詞中之意不能以題盡之也……如觀一幅佳山水，而即曰此某山某水，可乎。詩有題而詩亡，詞有題而詞亡。」《玫》書據說本來無題，出版社須要有書名纔以此題目頂上。傳世有三大行書：第一王羲之《蘭亭序》，第二顏真卿《祭侄文稿》，第三蘇軾「寒食帖」，本都是無意為之，自說自話，自寫自看，然天籟一片，奔騰恣宕，意味無窮。當然，文章言之有物，亦可謂是有題，但所寫之字原非作藝術欣賞之用，皆草草為之。《蘭亭序》與《祭侄文稿》更是刪改處處，連視作書信（給別人看）也嫌太潦草。而似此法書，若獨立作一幅藝術作品去看（例如當作一幅畫），亦可視之為無題，祇見筆意縱橫，變化不可方物。

以文字表達一霎蒼涼感受、一片迷離光影，以至任何一段美感經驗，生活中一時感慨，皆不大會像論文般有明顯主題，又講起承轉合。題目每是後來為加而加的。用此觀念去理解王氏上述詩本無題之論，尤其是去看李商隱的詩，便知無題之用大矣哉。一種感慨悠然而生，如潑墨山水，如印象畫意。借用中國文學批評常用之語，或可說是純以神行，去來無跡。渺渺兮余懷，恍似微醺夢後。而若擷取詩首二字，如「錦瑟」作題目（李詩甚多如此，如「為有」、「瑤池」。而此法應源自詩經），其實亦等於無題。《玫》書之意識起伏，歌哭無端，苦在難以為懷，勝在難於釐清，剪不斷，理還亂。其興感之由，每帶此種恍惚與惘然，一似無題作品，無怪其本來乃無題之書。

《玫》書述及的古今文史哲經典、古典音樂與一代名畫不啻千百，真如嵇康詩云：「左攬繁弱，右接忘歸，手揮五絃，目送飛鴻。」古希臘史詩作者每於開篇時召喚繆思幫忙 the evocation of the muses，以助詩思。《玫》書常提到前人著述，但每是作者自言其苦，而不是模仿，亦非與之相比，無寧是念念不忘一種仰望千秋之焦慮。成乎敗乎，生得出來生不出來？浮生萬事，縱使全心全意，須要做的都做足，卻未必能成事。佛經有道：採四天下花，於大海釀酒。《玫》書薄薄一本，吞吐之量，亦有如斯氣概格局。

第二章開始不久，有這幾句談上帝天神與音樂的關係：「音樂既不表現現象世界，又不描述現象世界，既不訴諸圖像，又不訴諸語言……」這種排拒之法，不是甚麼亦不是甚麼甚麼，有點像佛經之語。《心經》便有這樣的句子：「無無明，亦無無明盡。無老死，亦無老死盡。」因為一說是甚麼，便會執於一端，落於言詮。《玫》書說情說理，說神說愛，便故意帶這種開放性的含糊。而《玫》書之構思以至表述，其流動狀態亦似想趨近音樂。西洋音樂，衹會說孟德遜 Violin Concerto in e -minor, op. 64 之類，不似中國音樂般多用標題。不就是一些叮叮登登的聲音了，怎麼一會是高山流水，一會兒又說春江花月。無題，寫的往往是生命本身，或是一種無端之怨、無名之哀，作者自己亦未能輕易道出何物何因，應作何題，又或許作者想說的，正正就是那種說不出來的憂鬱，那種莽昧朦朧的蒼涼。而人生百感，本就是如此難以名狀。

詩文小說，縱要細心經營，最好仍看似無意為之，如西方所說之以藝藏藝 art conceals art。胡適在其《詞選》批評吳文英之《瑣窗寒．玉蘭》詞，說「時而說人，時而說花，一會兒說蠻腥和吳苑，一會兒又在咸陽送客了」，其實內行人每就是欣賞這種詞斷意連，如飛雲無跡之風格（有似書法行草之俯仰向背，氣之所到遙相呼應，卻又若無蹤影）。此亦正是夢窗詞美不勝收之處，昔人所謂「每於空際轉身」（見周濟《介存齋論詞雜著》）是也，一種近似現代「意識流」的寫作特色。這種創作手法，詞中雖屬創新，但詩中早已採用。吳文英特別喜愛李賀李商隱兩家詩作，應就是受到啓發，發揚光大那種奇譎瑰麗的藝術風格。故鄭文焯在《夢窗詞跋》中說：「其（夢窗）取字多從長吉（李賀）詩中來，故造語奇麗，世上罕尋其源，輒疑太晦，過矣。」但初讀《玫》書，亦有「太晦」之嘆，一會兒說愛，一會兒論神經細胞，一會兒就要死了。

2.5
憂戚相關　焦慮相連

那時系裏的教授，有三幾位是美國比較文學之父，著作成了全國的教科書。Professor Flannigan 雖較年輕，但每課都一氣呵成，就如一篇精彩演講，聲情並茂。他講聖奥古斯丁的 *The Confessions* 時似乎動了真情，覆述聖奥古斯丁自問之語，以內心獨白不住自我叩問，焦慮與神的距離愈來愈遠，對年輕時所犯之罪深深追悔。我到現在耳畔有時竟仍還會響起教授焦慮的聲音，那也是聖奥古斯丁的語言和語氣。後來才知，教授曾當傳教士。Flannigan 教授待我厚，曾有一些鼓勵讚譽，語氣誠摯親切，其後兩年他遽歸天國。我寫此文，亦有述平生所感之意，故每間接自道心史，不辭枝蔓之譏。

又多年後讀余英時論陳寅恪。他引陳之語：「宗鏡錄……雄盛之氣，更遠不逮遠基之作。亦猶耶教聖奥古斯丁與巴士卡兒，其欽聖之情，固無差異，而欣戚之感，則迥不相侔也。」余英時大讚陳寅恪為知言，亦即是聖奥古斯丁那種憂心如焚，自責惶恐，害怕與天父疏離而不斷自我拷問，人神關係緊張而密切。而後之作者人神漸遠，反難有此驟雨狂風之震恐。又或者正因當初人神如斯接近，纔覺自己不夠虔誠，終日惶恐不安。

我讀《懺悔錄》，結合當時課堂上教授抑揚頓挫如泣如訴之聲情，亦真明白書中強烈的焦慮，幾乎是文學表達之極致。而初讀《玫》，竟亦有類似的震動。怎麼了，作者心魂欲裂，竟令我想起多年前閱讀的《懺悔錄》，及上課時教授所流露的慌失和焦慮，天國近矣，懺悔宜早，而罪惡無窮，憂患沓至。偏生《玫》這書名亦傳達出一種宗教情懷。救贖不在上天可憐答應所求，而就在念經當中；一如寫《懺悔錄》的人，所得不在天堂之報，卻在懺悔一刻，在自己錄下懺悔心影。安頓就在傾盡全力公開自己心靈痛史之過程。《玫》雖是小說，但每將現實與創作、敘事與幻想、身世與時代連寫，再出之以充滿創傷力求解脫之焦慮聲音。待浮花浪蕊盡後，就祇有那敘事之聲沙沙作響，如泣如訴，繚繞低迴。而人間天上，依然兩無解脫。

王國維論詩詞，拈出境界二字，其見固精，其言亦辯。但詩文令讀者感動的，每是作者之語氣與情調。境界偏重視覺，而詞不能與吟唱脫離，就中聲情語氣尤為重要。納蘭容若與顧貞觀的多首《金縷曲》，沒甚境界可言，然其情真意切，剖心之句，三嘆之哀，殷殷寄意，不盡於言。近代女詞人沈祖棻才華信美，時人方之李清照。但所寫不論如何精采絕倫，反不及暮年寫小外孫女之長篇《早早詩》感人。試錄幾句於此：「……嚇人裝老虎，怒吼勢欲咬……偷攀自行車，大哭被壓倒。婆魂驚未定，兒身痛已好……」朱光潛讀後賦詩一首，曰：「易安而後見斯人……獨愛長篇題早早。」另有詩人讚道：「一篇早早有情思，絕勝驕兒嬌女詩。」（分指李商隱及左思之作。）小時聽廣播故事，有《塊肉餘生記》者，祇聽過幾天便不知為何沒機會聽下去，但對播音員演主角自述之真誠語氣，印象特深。長大了纔看到狄更斯之 *David Copperfield*，纔知名家之作，沁人心脾，正在其摯誠之聲音，與讀者素面相見，細訴平生。兒時印象，方得到印證。

從孔子到杜甫到王國維，都曾痛貶輕薄文章。杜牧寫綠珠自盡，一句「落花猶似墜樓人」，冷漠處令人不安，境界云乎哉。陸次雲之《費宮人傳》，敘崇禎宮人殉難之哀，偏加一句「翠積脂凝，而香且數日也」語涉儇薄而為世所鄙。克羅齊認為：史家對往史之興趣恆與其對當前生活之興趣相連。若借用此言，則文學評論者對作品之評述，其觀點與着力處亦每與論者自己對世態人事之感息息相關。西哲談到論者將平生感慨注入所論作品之中，有所謂切身之感 personal concern。司馬遷每在記述了一大輪之後，結之以「太史公曰……」《史記》之高於《漢書》，甚至成其千古文章，通古今之變，成一家之言，每每就在這幾句俯仰今古的思省與感喟當中。才情識見，人品性情，千載以下仍如見其人。

3.1 一唱三嘆　掩卷低迴

以下是對文本的一些細讀 close reading（亦是「新批評」一派的師門絕技，鎮山之寶），屬第二層反覆思量之部份：

「一九七二年春節，汪玫莉在母親的差遣下，前往廣州。」

此句在幾段中重複三次。所強調的是兩種感覺：一是不情不願；二是回到舊國，似是回到母體，卻偏是大地天昏地暗之時。三次提到，亦可當成是再三致感，一唱三嘆。奉命，長在邊緣，猶如檻外之人，始終不是身在其中。

作者間中有蕭紅在《呼蘭河傳》的純拙樸素和大氣，將光陰與人世滄桑，死生愛恨，笨笨地如數手指般慢慢數出來。天意人事，無常而又有常，都濃縮在這幾句自言自語中，聽來卻有點驚心動魄。毫不世故，卻見蒼涼：

「……愛菲出生那年，文生五歲，琴三十歲。愛菲出嫁那年，文生三十七歲，琴六十二歲。這一年愛菲三十八歲，文生四十三歲，琴六十八歲，文生的兩個女兒六歲，兒子四歲，愛菲的女兒出生。是呀寫下這些排列的人是我。我八十歲的時候，愛菲五十歲，文生五十五歲，他的兩個女兒十八歲，兒子十六歲，愛菲的女兒十二歲。」

蕭紅之句是這樣的：

「我生的時候，祖父已經六十多歲了，我長到四五歲，祖父就快七十了。我還沒有長到二十歲，祖父就七八十歲了。祖父一過了八十，祖父就死了。」

蕭紅是用小孩的語氣，借孩子的視野看大人世界。鍾玲玲則從老者的角度回看兒孫。一樣傷心，兩種情懷，無非都是滄桑世路。死生雜沓，落葉繽紛。

一次在洛陽龍門白居易故居白園聽一胖男孩問母親：「唐朝的人到現在有哪個還活著？」年輕的母親驚呼：「哎喲我的媽呀。」呆了一呆道：「都死光光啦。」孩子嘀咕：「怎麼全都死了。」也是的，真奇怪。母親不再答，大概也不知怎樣解釋。若學懂蕭紅鍾玲玲的數手指妙法，便可以說：你今年六歲，你媽我三十歲。你十六歲，我四十歲。到你七十六歲，我一百歲。到我一百歲就……複雜的問題或暫時解決。狹義相對論說時空，我從來愛看，但看來看去總不明白，卻又偏喜這似懂非懂之惺忪如夢，莊蝶不分，竟略窺天地之靈光。死光光之事，肥仔不明，母親也不明。唯悵古人今人，千古相隔，時空不同，卻華年共添，而到最後又都盡付波光閃閃，伊水悠悠。此又有如王國維的詞所道：「陌上樓頭，都向塵中老。」（陌上指遊子，樓頭指思婦。）一齊老去，一起消逝，遺憾中又似更無多憾矣。

《玫》書以下數句消解真實，但真實又不是沒有了，更似是泯滅寫作與現實的邊界，有似近世戲劇，消除臺上與臺下的界限，在臺上臺下走來走去，時常提醒觀眾：別忘了你正在看戲而已。

「愛菲作為作者筆下的人物，要是你把她當作一個活生生有血有肉的人，那麼你便錯了。她不是她是又不是那個你可能在街上碰到你可能在某處結識的任何一個人。她是真實的但不是現實的，她是理想的但不是抽象的，她是形式的而不是實體的。你知道你只能閱讀她或拒絕閱讀她，不要緊有些人因為學會閱讀然後從此不再閱讀不是沒有的事。在這個兼容多重敘事多種視角的體系中包含了大量的內部關係，像許些（注：即 just as，拉丁文 *sic*）事情那樣要是一方堅持多些那麼另一方就會有所損失，常見的情況就是這樣。由於每個突如其來的轉向都能把作者帶領到一個全新的領域，因此要緊的不是意圖，而是始終保留改變意圖的能力。」

作者在後半段已不單是就某事對着讀者自言自語，而是就着自己的寫作方法思前想後，又似與讀者共商敘事技巧，邀讀者參予其中。

3.2 一愛到底 至死方休

論詩有所謂詩眼，即至為關鍵之字。《玫》書之眼，應在愛與死二字。全書首句是：「愛菲愛上帝愛到死。」愛死云云，張愛玲也說過。這麼劇烈刻骨追魂奪命的字眼，甚麼都要耗盡拼盡，用來卻自然順口，得心應手，未知是否都是女人的緣故。張愛玲曾引用地母的自白：「我簡直想光著身子跑到街上去，愛你們這一大堆人，愛死你們……」但問題在《玫》書之愛死，是愛上帝。張所述之愛死，是愛凡人，愛人間世。光著身子，真要命，還要跑到街上，原始野性，潑辣無明，生命就是這樣的張狂澎湃。而單這天上之思，以別於人間之願，既分判了張鍾二人愛死的對象，也隱隱透出二人思想之大分野。

《玫》書跟著解釋：「那麼，愛菲愛上帝愛到死這句話做了甚麼。當然像這樣的一種愛顯然無關常識不涉邏輯無需理由……」「那麼，愛菲的哥哥文生愛甚麼呢。他愛呵當然愛囉。但卻一點都想不起，他最早的愛總是打從媽媽開始的。從母親的乳房到手指的吸吮到熱情的擁吻，他是如何及怎樣成為今日的他的。」愛是說不完的，《玫》書跟著嘆息：

「愛的奧秘教人心酸。」

「那麼，他們的母親琴愛甚麼呢……再也不能用日常語言表達她的關注……誰在寫作。誰要理解。只有在一切感官的東西確實像幾何圖案那樣固定下來以後，這就是她一直在說但又一直懷疑的一切，也就是她想給你看的一切。」

正是「萬物皆有託」。母親愛的是寫作，或者應說，纏繞著她的，是寫作。更具體地說：是怎樣去寫，是寫作之為物，不是單單的寫寫寫而已。還有與寫作息息相關的「讀」，作者不住參詳沉思細析。張鍾名氣雖異，但這種對寫作之自覺，形諸筆墨之反省推敲，並融化在敘事之中，鍾有比張遠為前衛與勇於嘗試之筆。

3.3 讀為何物 腦亦何能

「『讀』並非本能。相對於我們的情感有一億年歷史，我們的認知有幾十萬年歷史來說，閱讀只幾千年而已。自遠在五千年以前當第一個符號碰撞到人類大腦神經迴路中的潛能以後，在漫長的演化過程中，文字系統在大腦中尋得適合的位置。一個熟悉的字在大腦顳葉網絡中引起的共鳴既可以擴散到遙遠的地區，又同時淹沒幾百萬個神經元，在被掀起的激潮中字與字之的抽象聯繫像身上落下的碎片，要解釋字義需要透過不斷轉換的場和活化不斷散佈不斷變樣的殘片，就跟尋找或經歷自我誕生的過程那樣。你為閱讀所做的一切既包含認知成份，又包含情感成份，這種努力是十分累人的。」

上面一大段腦神經科學的描述，若加上近世文論之解構、文本互涉，以至 Iser 之讀者要填補空白及作品充滿不確定性 indeterminacy，而文本僅提供一架構 the skeletal 而已等等見解，則閱讀之為物，更遠為「累人」矣，因讀者要運用平生所學所感，不住介入、填補、聯想和再創造。

作者這樣努力去描繪一些知性的醫學現象，究為何來？應是一邊寫作一邊自我觀照，一邊自我解剖自我消解，自我而生自我而滅。又如宇宙萬物，無端而來忽然而去。所謂色即是空色不是空，無非腦海裏一場沒完沒了的混戰。但寫小說就好好作故事寫人物，理人類的生理結構腦裏的細胞神經元作甚？這有似對讀者下戰書，挑戰他們的閱讀習慣，讓他們知道這不是消閒讀物，消費者並非就是老闆，要他們打醒精神去看。其實根據讀者反應理論，閱讀既是一種再創造的行為，也可以是一個自己改變自己的過程，是讀者有意無意間讓作品之潛能影響的過程。讀者有付出，亦有得著。《玫》書所言，與此中理論若合符節。

事實上書寫是甚麼本無答案：

「在所有書寫語言的可能性都消失殆盡以後，在折磨人的匱乏下書寫者服從各種體裁和各種風格。將它吞下、將它吃掉、將它吐出來。味道、密度、速度、肌理。超現實的抱負仍在繼續。無原則成為文體的最高原則。不可窮盡。不可貼近。交錯、重疊、變換。文本不再是已完成的產品，而是可變換的、可移動的、沒有終結的……文體的原意是編織。要是你問為何充滿情感的幾何學熱情仍能感動我們，那麼我便會說，那是由於表現了一個人在追求的過程中可以達到的極限的緣故。」

作者如有悟識，就是逸出框框，欲撤樊籬，參透到生命與書寫的意義，是存在於生命與書寫以外的意義：

「生命就是一種敘事。敘事的穩固性包含著持久的連續性，但這樣的書寫已不合適我……從形象到文本，擺脫創作一部小說的意圖就是永遠處於開端的寫作方式，是一種既不屬於任何過程，也不導出任何結果的不具功能的和聲。短小反覆。迂迴曲折。自相矛盾。不在圖像之內。不在框架之內。不在場景之內。當一切都成為話語之後，就再沒有甚麼現實性可言了……書寫一直以來就是逾越。」

就中逾越二字，應與前文所述「逾越節」死後重生之喻意有相關。

禪宗不立文字，因為不可靠不真實。但佛家亦重梵唱，有一種歡喜，幾絲淒涼，有三生之感，通天地之心。作者認為文字不行，但對音樂另有所悟：

「但她愛著的上帝跟葛立果無伴奏聖歌中吟唱的上帝、巴赫《馬太受難曲》中的上帝、韓德爾《彌賽亞》中的上帝、海頓《創世紀》中的上帝、貝多芬《莊嚴彌撒》中的上帝，顯然是他們愛著的同一的唯一的上帝……音樂既不表現現象世界，又不描述現象世界，既不訴諸圖象，又不訴諸語言……」

「……這種氛圍需要以合適的速度閱讀，因為有規律地回到音程的疊句形式不是表示音符，而是表示音程……音樂的情感效應和音樂的結構理解，屬於不同的部份……有些詞發出有節奏的聲音……一邊自身瓦解一邊自身構成……但在開展的樂句中有相互適應的思想世界和感情世界。」

都是在細細推演語言之生成及狀物，及其與音樂之關係，令人想起 Walter Pater 所說：一切的文學都力求趨近音樂。就中形式與內容至為水乳交融，而《玫》書作者叙事之閃躍與乎思想之流動，或者可於這幾段引文中透出消息。作者有意無意間用接近音樂的抽象方式表達，思想與形式原來非二。而是書之作，似是用音樂而非文字作媒介，宜乎其總帶一抹朦朧光影，縹緲混沌，像音樂般欲直達讀者心靈。

原來父母生孩子，也不全是由父母生孩子。此中牽涉太多天機密碼與無限偶然，天意人事之際，不盡是人所能知，更非人所能控制。單以道家來說，「人法地，地法天，天法道，道法自然。」人之外，尚有地、天、道、自然之力。億萬個基因與億萬次細胞分裂，一身器官的生長形成與變異，各階段的互動與變化，又誰能徼天之功以為己有？作者不住提生孩子，不住述說痛苦、掙扎、迷惘，形容萬千種無力感與無可名狀的失控，同時又不斷表達對書寫與敘事的困惑，是則生育與創作，二者可視為同一物，皆可以造出來，卻皆自有生命。成敗好壞之機，都有其萬千遇合與冥冥天意。文章與小說之發展與形成，文字與體裁，體驗與想像整合之千絲萬縷，出來後之面貌性格，亦每非作者所能主宰。清周濟論宋四家詞時說：「讀其篇者，臨淵窺魚，意為魴鯉，中宵驚電，罔識東西。」其實不單讀者，作者自己有時也罔識東西，亦同樣會中宵驚電。

3.4 救贖有恩　死生無間

以下一段多次說死後重生，卻仍始終不信傷痛真的可以過去、記憶可以泯滅、傷口可以治好。不可以的，重生，復活，之後傷口仍在那裏。

「大約在一百年前，為了公開悔改，在聖灰的禮儀上，人們往頭上撒上祝福的灰燼。聖枝，在迎接和撒拿的歡呼聲中，隨著揮動的手臂，掀起苦難的序幕，直達幽深的冥府。逾越作為唯一的慶典，意味死後的重生，但凡從死中復活的，必得進入天國。那時在大衛王山道上，每年都得跪拜必死的苦路，在斷續的吟哦與詠唱中，直至隱隱聽得父呵，為甚麼離棄我，汪玫莉才在極大的震動中，驚醒過來。往後，在漫長的日子中，像永不癒合的傷口，因而深信必然是死後的重生，所無法彌補的。應該說，所有的創傷，全是無法彌補的。人們恒常以各式各樣的言詞論及堅定不移的信、永不止息的愛，像萬應的靈藥，承擔一切的事務。倘若所言屬實，那就一定不是她仰望的信，一定不是她曾經的愛。沉默的上帝以死後的重生說明一切。耶和華既在極大的創傷中經歷死，那麼即便在天父的懷抱中也不會忘卻任何事，就跟不應該忘卻任何事一樣。」

「儀式」之為物每造成一種莊嚴而夢幻的效果，按步就班，依次進行，似事有可為，可直通天國，解決世間諸事。但苦難、救贖、宗教禮節、死亡復活，原來都不能治癒傷口，都不能忘記愛，以至任何事情。聖灰、聖枝、詠歌、冥府、天國、重生、天父的懷抱，都消滅不了汪玫莉的回憶。就中冥府一詞，似是基督教的，又似希臘神話，又指向華夏文明，總之無所逃於天地。有一種堅持，佛家說是妄執，竟是死生無間，令人想起漢朝樂府《上邪》：「上邪，我欲與君相知，長命無絕衰。山無陵，江水為竭，冬雷震震，夏雨雪，乃敢與君絕。」問題是，與君絕後，傷口不去，記憶仍在，痛苦依然。近世天文物理學有信息不滅之論，而創傷竟然亦是永遠不滅，長存於天地之間。

3.5 遺恨無窮　死別吞聲

書中有一大段述及調景嶺舊事，又三姊妹，又神父，又戀情，又「神父倉惶離港」。八卦傳聞，蒼涼遺恨，在不清晰不肯定中更有一種世上人間的現實與親切。「然而在許許些些年過去以後……汪玫莉彷彿就能自每個女性身上目睹她們的倩影……昔日的芳容日漸枯萎、清譽蒙污、才情不再。與其說雀鳥的鳴叫打從一開始就是悼亡的輓歌，毋寧說在婉轉的哀鳴中教人憶起，生命中也曾期許的，玫瑰。」玫瑰此處是希望與幸福的意象，但亦暗含沾污罪孽，糟蹋凋零。「玫莉」一名，未知有否芳華消逝的反諷含意。最後一句「……期許的，玫瑰」，語法有點突兀，一抹徐志摩式西化的雲彩，又似現代詩，當是故意強調玫瑰此意象。

最後是對肉體的否定。語氣中那種哀意深含睿智，有一種滄桑歷後的悟境，卻未減其淒涼，悲欣交集得來竟似是悲欣互撞。說是天主教，也可說是色空人我之除而未盡，並非歸於寂滅，不成日本人的「侘寂」，偏餘其「物哀」之意。怨憎與不忿仍在熊熊燃燒：

「來到生命的晚期儘管要說的無疑是說得太晚了，確實是說得太晚了。」

「我的肉身不是物質不是精神不是實體。我的身體不是事物不是觀念甚麼都不是是事物的量度者。」

一個女人竟然說自己的身體衹是事物的量度者，也就是用身體、用肉體去測試人性、體驗善惡、理解人生。是憤激之言，也是傷心人說傷心話，中含一絲絲的蒼涼與無限的委屈。

「肉體生命真是一場災難呵。生殖是死亡的開始這句話到底有多深奧。」

死亡的確是從生殖那一刻開始的，道理簡單，但所有的哲學宗教永遠都解釋不盡此中之矛盾與荒誕，解答不了就中之悲哀與無奈。

「……從體驗到如同被潮水淹沒的感受到早晚成為牀上躺著的奄奄一息的老朽……欲望源於身體……」「要知道慾生慾死的快感……」「足夠讓我來到這個世上的是性行為。不管甚麼時代人性都是一樣的。從古至今，必須在愛慾中生活的人還少嗎。」「性徵遍及全身，從誘人的體態到濕潤的嘴唇、豐滿的乳房、腋窩和脖子皮膚下的骨頭，還有柔軟的腰腹以至從腿至踝的線條……所有東西都從外殼中剝離。所有肉體都支離破碎。我們所愛的一切都會死去。我的身體是被使用過的身體……」「……我對生命的眷戀不要緊的不要緊的曇花在夜晚綻放呢不要緊的……」

末句一連三次不要緊，是耶非耶？真的不要緊就不必這樣說了。故意寫得充滿肉慾sensual，很豐美性感，偏偏與老朽枯萎相連，使人聯想《紅樓夢》中句：「**白骨如山忘姓氏，無非公子與紅妝。**」紅妝與性，迷人也矣，然性與死亡，白骨與禪，又並非兩事。用生之樂突顯死之哀，可加深震撼的效果。其中「我的身體是被使用過的身體」一句，剖心刳肝之語，由女人冷靜道出，仍難免委屈蒼涼以至糟蹋之感。

整幕困於一室之中。幽閉而沒恐懼，有顛倒夢想而少深悲恐怖。昔王國維喜秦觀「**可堪孤館閉春寒，杜鵑聲裏斜陽暮**」之「淒厲」，而蘇東坡卻深賞末二句「**郴江幸自繞郴山，為誰留下瀟湘去**」，王貶蘇「**尤為皮相**」背後原因，可能最令王氏感心動魄，更可以說他最痴戀的，正是與世相遺幽閉於一小室之中的孤絕感覺；而蘇軾最恐懼的，偏偏就是禁閉之境。蘇兩次批評秦觀，都是不喜秦躲在室內獨自沉吟。而王國維自己卻可能心中竊喜，雖其辭若有憾焉，如道：「**閉置小窗真自誤。**」「**綠窗春與天俱暮。**」「**人寂寂，**

夜厭厭，北窗情味似枯禪。」「日斜孤館易魂消。」還有「陋室風多青燈灺，中有千秋魂魄，似訴盡人間紛濁。」竟似骸骨之迷戀者。而《玫》書結語，亦有耽於寂寞銷魂的淒豔與刻骨之美。

全書是以括號中的一段文字終結：

「（現在你已經知道太晚的意思了。在實踐的過程中我對晚期就是災難又有了更深刻的體會。這是終點，無所謂了。一個作者能寫甚麼要看他是個怎樣的人。我沒有種子，只有土壤。在這種荒誕的努力中……發表是為了答謝少數曾經喜歡我的人。我已經把話說盡再沒有更多了。）」

清黃仲則有詩：「君平與世原交棄，叔夜於仙已絕緣。」同是厭世失望到似有抑鬱症之言，《玫》書作者最後卻還有一絲感激，語氣平靜，作別時仍不忘答謝。鍾情之輩，情濃轉抑，意深而語淡，讀之卻更令人憮然。

4.1 創傷之筆 離散之民

此章屬第三層（歷史性質閱讀）之第一部份（個人史）。關於《玫》書作者生平，筆者無意探尋。而似此自傳體之小說及回憶敘事，書中所見之經歷可能比作者一些朋友所知還多，是故我會將其重心稍作改動，放在創傷與離散影響下之書寫（也符合此層閱讀所要求之分析作者背景）。為甚麼說是書是一帶傷之人創傷之作？試從感發聯想的現象去理解：

A. 孔子曾說為人之道，第一是興於詩。他要求學生有一富於感發聯想之心。這是從道德教育的大方向整體而言，要能從詩裏悟出人生道理。

B. 落實到孔子的具體詩評。孔子答子貢及子夏，先後都示範了聯想之重要。現舉答子夏之言作例。子夏問：「『巧笑倩兮，美目盼兮，素以為絢兮』何謂也？」就是問，為甚麼說白色最絢麗。孔子答：「繪事後素。」即把質地弄白，方能作畫。子夏答：「禮後乎？」必先要有良好的心作根本，纔去講外表的禮儀？孔子讚道：「起予者商也。始可與言詩已矣。」讚其能從詩句聯想到人生。

C. 王國維《人間詞話》有此一則：「南唐中主詞：『菡萏香銷翠葉殘，西風愁起綠波間。』大有眾芳蕪穢，美人遲暮之感，乃古今獨賞其『細雨夢回雞塞遠，小樓吹徹玉笙寒。』故知解人正不易得。」

第一二則關於夫子之道易明，現僅就王氏之語申而論之，以解釋為何視《玫》書屬創傷及離散書寫。若以境界論，其實「細雨」兩句比「菡萏」兩句有過之而無不及。聽覺、觸感、視覺（細雨）俱備。遠而又寒，縹緲中有不勝其情之意，殆為有我之境。然菡萏兩句偏偏正是興發感動的活生生例子：忽然間被大自然現象觸發，由外物突入內心世界。銷而又殘，西風愁起，正是傷心人不堪聞問。而觸目驚心的背後，卻是南唐小朝廷朝不保夕，趙宋大軍隨時壓境之局。因亡國在即而所見皆悲，此可謂興感之由也。葉嘉瑩曾指出「細雨」兩句是作者的顯意識，而「菡萏」兩句是隱意識，可謂知人與知言。現再舉一例。清末詞壇祭酒朱彊邨有一首著名之《浣溪沙》，其上半闋云：「翠阜紅崖夾岸迎，阻風滋味暫時生，水窗官燭淚縱橫。」末句蠟淚與人淚不分。好山好水好端端的乘風破浪，忽然間就「淚縱橫」了，又不解釋，神經病嗎。但讀其人其詞以至此輩遺老之作，都覺這種彌天之哀，不須交代的。清室亡矣，天塌下來了。《玫》作者所述，小時隨父母漂泊流離以及身當改朝之際，可能已定下了全書的調子。

西方文學批評家非徒強調功力學養，還特別重視感性 sensibilities。我對《玫》書作者之焦慮、感喟、意象（連成一體，編織成艾略特所稱之定向疊景 objective corrective，而以類似意識流的筆法出之），每感其投入程度之強烈。作者無力及無奈之嘆息，令人覺似曾相識。那是相同的滾滾時流翻覆世局，是相熟的文思文筆。連書裏無意中顯示之文學流派遞嬗種種，亦似是與故人相逢於道左。讀此書於我，一如李商隱詩所云：「潭州官舍暮樓空，今古無端入夢中。」人天哀怨，忽然都到眼前。但陳寅恪有詩：「自敘汪中疑太激。」（太自傷憤世）我亦每覺《玫》書作者正是何苦如此。清黃仲則弔李白墓，詩中提到杜甫，有句云「終嫌此老太憤激」。但汪中因有家事煩擾，杜陵身處天寶離亂，如此類推，《玫》書作者之憤激深憂，或與前塵舊事甚有關係。

4.2 張鍾並讀　得其異趣

比較文學分美國學派、法國學派、德國學派，但每畫地為牢，盡多門戶之見，尤其法國學派認為須有文化關連纔可作比較，倒不及英國學者之雲淡煙輕，其並置 placing 之觀念，已可能令人眼前一亮。單單將異國或不同文本並讀，互相參照，也時會發現新景象。栢艾 Siegbert Prawer 道：

> The mutual illumination of several texts, or series of texts,considered side by side; the greater understanding we derive from juxtaposing a number of (frequently very different) works, authors and literary traditions.

其目光仍放在不同文學傳統的比較，但態度已很開放，而另一英國學者基福特 Henry Gifford 認為最有效之比較是

> ...those that writers themselves have accepted or challenged their readers to make--those that spring from the 'shock of recognition'

where one writer has become conscious that an affinity exists between another and himself. Henry James felt this about Turgenev, Pound felt it about Propertius, Pushkin about Byron.

正是作者與作者牽連互涉，處處相關，如照花前後鏡。佛經中華嚴宗特有文藝氣息。武則天問華嚴大義，華嚴初祖杜順示之以一室，點一燈而以眾鏡圍繞。一鏡中遂見眾燈於眾鏡之中。此《華嚴經》所謂：「猶如眾鏡相照，眾鏡之影，見一鏡中。如是影中復現眾影，一一影中復現眾影，即重重現影，成其無盡復無盡也。」。譬如掘出數千年前一頭豬的遺骸，從其一條小毛，便可測知其曾吃何物，是野生還是豢養，進而知當地氣候變化、火山洪水、植被種類，蓄牧與耕種運作情況，以至推測社會組織，族人的遷徙路程之類。近代法醫，執一頭髮，便能驗出其人生前健康狀況，缺少甚麼營養之類。而從拿破崙與光緒的頭髮，都發現是中毒而死。借用此觀念，作家之遣詞用字，常用之意象，皆可見其人喜惡與心中糾結，以及與何作家有何關連。再說華嚴大義：「一切解即是一解，一解即是一切解故。」正所謂「一毛孔中，萬億蓮花」，此意或可總括現象學顯微結構 micro-structure 及作者有其特定思維模式 pattern of consciousness 之論。

任何自覺之作者，不大可能與前輩大家了無干涉，絲毫沒有影響之焦慮。大學二年級在美國讀，英詩一課由盲眼的英文系系主任 Robert Russell 教。有一堂由當時的駐校詩人來朗誦自己作品，討論環節時有同學問這位詩人是否受到惠特曼 Walt Whitman 的影響。「當然了，」詩人答：「又有哪位美國詩人敢說自己的詩與惠特曼全無關係。」教授跟著評論了幾句，還引用艾略特的世紀名篇《傳統與個人才具》"Tradition and Individual Talent" 解釋文化現象。那位年輕同學可能自覺看出瞄頭，但專家學者或認為事所必至理所當然，實多此一問。今我評鍾玲玲而說張愛玲，既因並而讀之有攻錯之效，亦因近代女作家遇上張愛玲難免受到影響焦慮 anxiety of influence 之壓力。影響不單是模仿甚或反模仿，還有不期然不自主的避開或另覓蹊徑，受到挑戰而作出的反應都屬影響現象。珠玉在前，作家下筆時每與前輩遙空對話，焦慮緊張於焉而生。即使此中全無影響或焦慮，比較就中異同也更清楚照見各自的特色，及各自對時代挑戰作出的回應。

4.3 他鄉舊國 一樣魂纏

木馬屠城故事來自荷馬史詩 *The Iliad*。煌煌希臘，多年後又為羅馬所滅。而羅馬人卻相信自己之祖先來自特洛 Troy，就是經十年烽火最終中了木馬之計而陷落之城。羅馬大詩人 Virgil 與希臘 Homer 後先輝映，他亦有史詩 *The Aeneid* 述其先民立國時蓽路襤褸之艱。話說當日特洛城破，有勇士 Aeneas 突圍而出，一手拖老父在前，也可謂由老頭在前引路，自己則背負兒子，展開漫長的逃亡之旅，歷盡九死一生（有似荷馬另一部史詩 *The Odyssey*，即羅馬神話稱 Ulysses 者），途中老父死亡（上代老成凋謝），Aeneas 帶著兒子找到一塊名叫拉丁之地生息繁衍，成為羅馬人之先祖。當年讀到，最有感於心者，就是那烽火連天老父在前兒子在背一幕。山河板蕩，人民離散，而詩史一家，火屑光中有志士長別斯土，另闢扶餘新國，一切卻由這倉皇跌撞前路茫茫一刻而起。

金庸《碧血劍》中的金蛇郎君在小說開始前已死去，但其影響力陰魂不散，籠罩整個故事。在《玫》書中改朝換代，興亡盛衰，於故事開展前已大致底定，但情節仍依著大時代的動蕩搖擺，在大風大浪中小人物左傾右倒，蹣跚前進。上面是奔騰浩瀚風起雲湧的大氣象，下面是悲歡離合的人間小故事。克羅齊曾說所有的歷史都是近代史。論者有謂小說家之第一部作品多帶有自傳成份。《玫》書雖非首作，但老來重寫，當有自道身世之意。而德希達 Derrida 論歷史書寫，提出「魂纏論」hauntology 一詞，指出思想家研判史事，每忽略潛藏在事件背後的暗痕鬼影。而鄉土文化，歷史意識，母國及母親的疏離等等，可謂隱括《玫》書之旨，但這些背景卻又似有還無，祇間中如鬼影出場。相比起來，張愛玲的創傷 trauma 書寫，其末世情懷，時代崩塌，每是擺明車馬，又或是讀者多知其來龍去脈。而舊國繁華事散，偏有縷縷陰魂不去，進而出沒人間，魅影幢幢，於兩位女作家之故事中縹縹緲緲則如一也。

意大利接受美學家墨爾加利 Franco Meregalli 曾提出創造性之背離 Creative betrayal 閱讀，即是明知這詮釋未必是作者原意，仍不妨作出自己創造性的解釋。說張鍾兩位的書寫是帶傷之筆，應無背離其原旨，祇是將重心放在其莫名的哀感之中而已。若謂情之所生，不知何所始。所始者，正是其亂離時代，在其前半生。兩位作家雖沒怎樣正寫舊日創傷，但迷惘或痛苦經驗一直在故事浮現，影響到眼前此刻的敘事風格和情調。張年輕時與父母的不愉快經驗此處不贅，但張對人生世事常流出一種陰冷蒼涼。千瘡百孔，萬般折騰，想得到一個溫馨結局往往休想。《玫》書的主角憂慮重重，對父母在大時代中的對錯固然不能加一語，對子女及對自己之事都無能為力，做甚麼說甚麼都露出吃力感覺，一切冀盼都成顛倒夢想。但熱淚盈眶之餘，卻似沒具體的情節解釋其悲哀之由。作者竟似蘇曼殊般「身世有難言之恫」。有一種創傷，一種隱痛，書中沒說，作者不提，但那種愁苦難安，一似有異兆悲音，籠罩全書。

《玫》書中之倉皇氣氛，或應結合到書中所述作者之生平去看。抒情詩總帶有作者之性情烙印，詩中之感情品質也是作者之感情品質，因作者之潛意識會潛入到作品之中。而作者之感情特質又每受大時代之影響。興亡世變，甚至幾代人之集體離亂，作者之心靈很難沒有任何感覺。日之夕矣，自然生出惶惑不安，作品流露出匆遽末路之感。惶恐灘頭之後，物是人非成了眼前定案，世變或非親歷，但在先輩或親朋口中也多所聽聞。古今不少作品就是在這種傷逝的感召 appeal 之下追憶而成。桃花舊扇，紅樓殘夢，莫不如此。紅樓中人若親聆或趕及當日繁華者，開口不忘揚州舊事。萬般哀樂，半是回憶，三生愛恨，不待今朝纔開始。

國畫荊關董巨的大山水以至范寬的《溪山行旅圖》，其中幾點小人物至為重要，接近羅蘭巴特所論照片中之「刺點」*punctum*。沒有背後的高山深壑，整幅畫既不成其大觀，小人物亦沒甚意義。《玫》書所敘三代故事，其時代之風雲變色，可略比希臘諸神或山水畫之大氣勢。有一種難言之哀《玫》書敘事者似生而有之，她自己沒說，甚至未必清楚自覺，但煙硝漫天的時代背景仍不住吐著熊熊火舌。昔讀海明威短篇小說集 *In Our Time*，覺其主人公似是帶傷登場，那是心靈深處的一道大疤痕，影響到其舉手投足都似有創傷後遺症 PTSD。《玫》書中那種不知所措，困惑與疏離，可能來自上代人無根無土之漂泊，有點似近代西方常說之錯位 displacement 與大離散 diaspora。

《玫》書暗含離散理論 diasporic theory 與記憶敘事之格局，其感心動魄可悲可憫之處在於以消亡瓦解為終局。一切皆成虛妄，無所逃於天地之間，祇有身消魂滅為真實無誤。當事人或者無意作遺民，但受一整代人影響，常帶一種廣義的傷悼之情，而此種情調不因所悼之主體消失而稍減，略似肢斷多年後，失去之部位仍生劇痛，稱為 phantom limbs 者。文化解體之哀與想像的鄉愁反而更散入故事之細節及人物之思想言辭裏。總是頻頻回首，不盡滄桑惘然，當時此際邊界已不大分明，或故意混淆，因為在創傷之中，不可能理性地分清主客時序。離散、追憶、創傷、尋找、孤絕、被棄、解體、死亡等等觀念，每每如影隨形。張愛玲雖在小說中冷眼閱世，抽離敘事，但已見此種種焦慮，而她在散文中更常直抒此末世情懷：想做甚麼要趁早了，時代是倉促的，一切都在破壞中。《玫》書作者則似肩負著父母的文化歷史包袱在後，一手拖著兒女輩的失落迷惘在前，還挾著自己一身的傷痕孤獨力不從心在中間，事實上到最後亦與此困局同終，侷促在一小室中，心靈與肉體再也走不出來。這既符合記憶敘事之以情節消耗淨盡作結，亦很富有象徵意義，以身殉全局，春絲吐盡，灰滅淚乾為終章。若要找小說理論中之「神悟」一霎 epiphany，則這最後一幕庶幾近之。身後生前、眉間心上，忽然都到眼前來了。故事此時不完，更待何時。好處是結構完整，有生有死，有前有後。

4.4 不知喪失　是真喪失

憂傷 melancholy 及創傷 trauma 又每與喪失之感息息相關。詹明信把國族寓言的特色歸納成：不明不白地消息，莫名其妙地追逐，但又如影隨形地擺脫不了。抗戰以來數十年寫上海及香港的作家，很難避開廣廈朱樓，彈指崩塌的景象。寫城市與文明，也每是寫城市與文明的失落。近代評論家阿巴斯 Ackbar Abbas 甚至提出消失政治學一詞。關於城市文明的喪失，張愛玲念茲在茲，她是明寫。鍾玲玲寫外國，寫香港，寫回到大陸，都帶有一種莫名的傷感迷惘，卻沒明寫背後的原因，但那種切身焦慮，幾如喪家之犬，無所依傍，甚麼都抓不著，也接近那種主體缺席，歷史消失的感覺。張愛玲親歷的及所說的較有跡可尋，《玫》書作者則年代較後，回大陸探親是「奉母親之命」，失去的並非她曾經擁有的，又或可說明明似是懷舊，偏偏是無舊可懷。未曾親見，已然失去。調景嶺旗海飄揚，於敘述者祇是一片飄揚的惘然，失去的竟是未現過真身的往昔如夢，殘陽亂照。這種莫名的失落感而又不見所失何物的失落，籠罩全篇，卻又毫無著力之處。

如果張之作品籠罩著一種文化鄉愁，則《玫》書之敘事者那種悵惘便似想像的鄉愁 imaginary nostalgia。失去了，纔有鄉愁。不是曾經有過，卻又竟可失去，那就衹能是想像的鄉愁。她的父母輩奔波逃命，不遑有抽象的文化追憶。她的子女輩在香港或海外成長，更加未能解長安之憶。她是上下兩代夾縫中的敘事者，鄉愁半是聽來，半如漂蘭根白，早已無土無泥。想像的鄉愁，未曾真箇已無蹤，比真實可感的鄉愁，更能折磨甚至主宰人的感情。懂得說出來，能夠明明白白說出來，症狀已減輕一小半。幽靈舊國，一直在空中飄蕩。那種失落，是不知道失落了什麼的失落。那樣的遺民，是不知道自己是遺民的遺民。如此流徙，是不覺得自己是流徙的流徙。遍地是無端而來的憂傷，隨處是不可名狀的惆悵。

沒有繁華如夢，衹有壓抑化成夢魘。不覺有前朝，忽然已今世。永遠都身在其外，心又似留在其中。敘事者上有母而下有子女，心事無所安頓。書中最後說的那度裂縫（「自被初吻與初夜喚醒以後，有如神秘符號的空洞的裂縫。」），女性器官之意象易明，但缺陷、無奈、破裂、疏離、被動、委屈、被佔、被主宰、被霸凌，處陰而待陽等凄涼意思亦盡隱其中。哈姆雷特受父喪母叛的影響，眼中盡是莠草荒園。《玫》書敘述者所見亦是枯萎破敗、腐爛惡臭，屬於佛萊「基型論」之秋冬景物。反觀張愛玲寫戰亂悲哀卻有一種春意，或帶嘲弄之情，與情景形成反差。人間花開花落，旁觀者站在高處我自悠然。往好處看是沒有一沉不起，不墮人間劫毀。

張愛玲以上海為中心看香港，遙看邊緣他者。她寫城市，寫城市的陷落每遊刃有餘，疏朗通氣，有點不滯於物，或因隔岸袖手而觀。而鍾玲玲筆下的香港斷不是他者，書中所寫父母子女亦都血肉牽連，連林中小鳥之殤亦感心動意，真如《蘭亭序》所云「死生亦大矣，豈不痛哉」。卓別靈曾說長鏡頭拍出喜劇，近鏡則成悲劇。鍾玲玲以有情之眼，觀有情世間，事事就近觀看，觀看小鳥，觀看時局，觀看親人和自己，於是萬物皆大，事事牽腸掛肚，「故知齊彭殤為妄作，一死生為虛誕」，真是豈不痛哉。

4.5 此情難去 久久流連

遺民創傷之作每有重複書寫之現象。論者有說：一個作家一生祇寫一部作品。寫來寫去，念念不忘，都無非是此心此物，此情此志。張愛玲雖盡力抽離，也時露隱痛難愈。重複的是創傷經驗，這不單止見於張的情調與場景不住回響前作，更見於實質的再三書寫。早已有評論家指出，數十年間她將《金鎖記》重寫成《怨女》，又將《金鎖記》譯成英文，而其《怨女》最先卻是由她自己的英文創作翻譯成中文的。用不同的聲音絮絮不休，幾乎像菜譜的一魚或一雞四味。所為者何？台灣人喜說古早味，味道之於記憶，記憶之偏戀古早，古早之要永記不忘，因為除此之外別無他味。《桃花扇》云「**殘山夢最真，舊景丟難掉**」，殆為抗拒新味之背後原因。

《玫》書薄薄一冊，句子時見重複，很明顯是故意的。很多時像音樂旋律的重複 refrain 那樣，又有一種前塵如夢的呢喃感覺：「一九五九年秋，汪玫莉在父親的陪同下，乘坐小輪，到調景嶺。那時小輪一過鯉魚門……」「一九五九年秋，汪玫莉在父親的陪同下，乘坐小輪，到調景嶺。大坪與碼頭毗鄰……」張愛玲是情節人物及場景帶有詩意。《玫》書則是敘事的手法似詩，其中意識之跳躍閃動固然如此，而句子之迴環覆沓亦似歌謠。譬如《詩經國風》便每多重複而略作改動的段落 variations on the same theme，造成盤繞迴環，鬱伊往復，一唱三嘆之景。既是強調所述之意，亦造成一種夢幻感覺，使故事中人的行動恍似身不由己，迷迷糊糊。將一大段敘述歸成一串，亦有如電影中之同一情節或一組蒙太奇，又似音樂的樂章，自成一段落，逐漸抒發以至遞增同一種感情。西方從希臘史詩到英國彌爾頓的《失樂園》都時常見到重複句子。有時雖不是句子重複，但光景流連，情感徘徊旋繞，也加深與強調效果。民初廣東詞人陳洵深研吳文英詞，拈出一「留」字以概括夢窗特色。留，可以指將感情盡量停住，有似彎弓不發，也可指將讀者的注意力挽住不放。魯迅述後園棗樹，南北朝人唱魚戲蓮葉，皆似把鏡頭逐漸移動，或往復推移。慢慢看，別急。

4.6 亂世之心 感時之淚

余英時嘗引陳寅恪此段文字，以示陳今古互證之思：

「寅恪僑寓香港，值太平洋之戰，扶疾入國，歸正首丘……回憶前在絕島，蒼黃逃死之際，取一巾箱坊本建炎以來繫年要錄，抱持誦讀。其汴京圍困屈降諸卷，所述人事利害之迴環，國論是非之紛錯，殆極世態詭變之至奇。然其中頗復有不甚可解者，乃取當日身歷目睹之事，以相印證，則忽豁然心通意會。平生讀史凡四十年，從無似此親切有味之快感……」

余氏引陳氏之言，欲證史家貴能置身於當事人處境之中。而《玫》書所述諸事，種種死生愛恨，皆出現在千年未有之大變局當中；萬般孤絕無奈，皆要連結到書中人所處的大環境裏。另外，張愛玲的小說人物，其特色亦是那天翻地覆的時代襯託出來。張喜引用《詩經》語「死生契濶，與子成說」，上句是複詞單義（一如得失其實祇是說失、哀樂說的祇是哀、褒貶重點在貶。悲歡離合指悲與離、陰晴圓缺意在陰與缺，否則東坡跟著所說之「此事古難全」一句便了無著落。梁實秋曾與魯迅筆戰，梁評魯恣意「褒貶」對手，亦即損人太甚。魯執著梁辯子，說褒是讚美，怎可能又是讚又是罵了。梁對此好像無語對之。其實褒貶單義，其意在貶）。死生主要是說死，契濶亦衹言濶別，也就是別離而非相聚契合。為甚麼又死又別離？亂世也（張所引之詩經「邶風．擊鼓」本來就是描述戰亂）。郁達夫登報與王映霞決裂，啟事亦云：「亂世男女離合，本屬尋常。」亂世浮生，奄忽飆塵。《古詩十九首》連說說飲美酒與加餐飯，亦與太平人說的意義不同。

時代的不安，人心之躁動，影響平民以至作家的日常感受，張愛玲在《自己的文章》中已清楚但又不具體地道出：「人們只是感覺日常的一切都有點不對，不對到恐怖的程度……人們覺得自己是被拋棄了……於是他對週圍的現實發生了一種奇異的感覺……因而產生了鄭重而輕微的騷動，認真而未有名目的鬥爭。」到底是甚麼不對？大家都覺得有些東西不對頭，但又說不出個所以然來。那種擔憂而又不知擔憂甚麼，有似創傷後遺的癥狀，影響到張愛玲敘事的蒼涼、疏離與冷酷。張愛玲或是用小人物之創傷澆自己之塊壘，《玫》書作者則似藉血淚的書寫，寫「平生」及「家人」，當作療傷之藥引，而她的遍體鱗傷，正是在風高浪急的大時代跌跌撞撞造成的。故相信一卷書成，於她有比安慰劑更為有用的功效。

5.1 鄉夢非夢 鄉愁非愁

此章屬歷史性質閱讀之第二部份，是分析社會心理及文化記憶的影響。記憶往往由想像編織得來。所謂回到母國，對很多人來說，一似回到母體，其實都不是來自真實的記憶，都是想像出來的。時代的大離散，最後竟以個人的大解體作終局。《玫》書最後敘事者描述自己肉身之解體，亦可視之為文化解體，象徵文化想像的曲終雅奏。刻骨的親情，朝暮的叮嚀，多感的平生，到頭來都要歸零，但是憑著書寫，可留下一些痕跡，縱使祇是零星片段，祇是焚餘之燼。看來這就是作者絮絮不休談寫作談閱讀的原因。那是一種喃喃的焚香禱告。

阿多勞 Adorno 曾如此形容班雅明：他既要喚醒已成化石的東西，更要細察活生生的事物，視之為遙遠鴻濛的古物，大量釋放其蘊藏之深意。小說或戲劇常用一些物件串連起各情節，又或借此物件象徵故事之中心思想，如桃花扇子、如口啣寶玉之類。李商隱詩中之錦瑟，更成為其千古著名的樂器，雖然作者本人不必懂得彈奏。特定的物件可凝聚故事及觀眾焦點，又每每觸發記憶，勾連情節。Things put the past in place; they are the primary source of its concrete implacement in memory。念珠於此未必牽連往事，但卻暗暗指向之前發生，而未嘗明言的創傷或時代造成之心結，又隱隱托出小說中的靈光乍現或神悟 epiphany —— 亦可視作安頓之法門。《玫》本是無題之作，但此物仍可視作提綱絜領之意象，充滿宗教情懷，帶著懺悔、救贖、循環、寂靜、避世、希望、寄託、領悟、安頓、治療、歸宿、鎮痛、療傷等種種含義，亦可視作敘述者內心的渴望。到最後即使甚麼都沒有了，一切都不可靠不可掌握，仍有此念珠在手，死死不放就是了。莫失莫忘，有如通靈寶玉之喻。

中國文化以至中國文學近半由遺民書寫，孔子就是商代遺民，儒家宗旨犯而不校之精神亦可謂是遺民之學。文學中例子更多。余英時替陳寅恪定調，亦稱之為廣義的文化遺民。張愛玲蒼涼之音、末世之情、城市陷落、感情消失，都是廣義的遺民哀曲。鍾玲玲在《玫》書中，斷斷續續把大離散的大河敘事穿插在情節之中，與故事中人的憂患連成一串，砌成遺民之恨無窮數。不盡的無力之感，無可奈何無以自拔之沉哀。心理學家認為兒時不快的經驗壓抑了，每成為潛意識。所仰慕或信守的東西失去，致悲傷難遣，已算是目標明確，更多是轉化為無以名狀的隱痛憂傷，西方稱之為 melancholia 者。

5.2 思從象外 窺其圜中

作者之思想與同時代人有關連，故所言並非純屬個人經驗。分析一作品，本應考慮以至重整最初讀者群之認識及視野，如此方能與作者達至境界交融 fusion of horizons 。但所謂接受史，主要適合於研究文學經典，而對同時代之純文學作品，察看其接受程度不大實際，得出的結果也沒甚啟示，不能見到好壞高低（蓋當世無聞而後世奉為上品者例子太多，如西方之 Emily Dickinson，中國之陶淵明。而地位與時俱滅者更多，譬如英國歷代之桂冠詩人，沒多少人還能記得，除了 Alfred Tennyson）。此章多比較《玫》書與其前輩女作家張愛玲之異同，間接代替尤斯所論第三層閱讀中接受史之討論。

傳統的人間世景，事事有法則，即使天下大亂，亦事有根源，有遠因近因，史書常逐點數出。舊式故事甚至獨白，仍清晰可循，背後總是萬事有序。張愛玲讀到《海上花列傳》所引之語：「文官執筆安天下，武將上馬定乾坤。」幾至感極而泣，覺得句中透出的仍是一整嚴人世，物各清安，因而嘆息這各司其職，各就其位之世界已不復見。其實原句是「文能提筆……武可上馬」，本是讚頌三國姜維文武全材。張是錯讀誤引，反映的其實是讀者自己（張愛玲）意識裏的顯微結構 micro-structure，念念不忘現世安穩，故一遇類似清平世景之描述，便馬上如觸電般感極而泣。不過，所謂井然有序，在現實的世界與小說的表現手法上，亦真的都一去不回了。張愛玲書中的愛情人生支離破碎，而《玫》書的敘事手法，也是諸事不穩不順，祇能把大堆斷片拼貼在一塊，任其亂作一團。其情如此，其筆也如此，因為世情已是如此。

5.3 誰賓誰主　是我非我

張愛玲所寫的香港，每是離港之後，人在上海而追述。雖是念念不忘，始終視香港為他者，是中心以外，是邊緣，甚至異域。鍾玲玲成長在香港，文化上更視大陸為他者。但大陸本是「父母之邦」，自己又出生在大陸，所以此文化他者卻又不是可平平靜靜袖手旁觀的他者，是故不經不覺形成一道撕裂的傷痕，也可說是宿世的原罪。《玫》書所述在香港生活之種種現象，以至「奉母親之命回廣州」，都有此種撕裂的痕跡。何為他者，誰賓誰主，都是飄零。無根無土，祇能作客。著不到地，是《玫》書主角的心靈寫照。

張愛玲說：「我為上海人寫了一本香港傳奇……寫的時候，無時無刻不想到上海人，因為我是試著用上海人的觀點來察看香港的。只有上海人能夠懂得我的文不達意的地方。」（筆者順便一提，「無時無刻」祇是一次加強語氣的否定，要再加一個否定，如張愛玲般添一「不」字，負負得正，兩個否定纔成為一個肯定述句。多年來香港人都以「無時無刻」四字作肯定語句，如說「無時無刻都想……」其實反變成了「不想」，縱名家不免）。上海香港可在作者腦海裏交替或同時出現，她自己倒沒混淆，不會糊塗，更無掙扎，畢竟香港祇是她暫留之地，事了拂衣去，遇事即離開。敘事者如電影鏡頭般自上而下俯視紅塵，沒有陌生感和不安，一眾小人物登場落場，都是眾生自己的悲歡離合。人間花開花落，天上無多悲憫同情。而《玫》書作者卻是哀憐處處，且身陷其中，全無自拔之力。死生愛恨，一頭便栽了進去，出不了來，亦沒有想到要出來。自憐未暇，復又憐人。

兩位女性對自己或自己之寫作都有敏銳的自覺。現代話劇的劇中人或舞台經理，每在台上提醒觀眾你們是在看戲而已，鍾玲玲常與讀者傾心細吐寫作與閱讀之為物。張愛玲的反省則體現在自己所描述的現象：「**但是這裏的中國，是西方人心目中的中國，荒誕、精巧、滑稽。**」「**她自身也是殖民地所特有的東方色彩的一部份。**」她每在作品中強調外國人眼中的異域色彩 exotic flavour，荷李活電影中的香港與中國，是加了甚多糖和醋的雜碎，中國人自己會覺得怪怪的。近世文論常道的東方主義，張愛玲早就心領神會，優而為之，故常在作品加一堆道具，如胡琴香爐屏風。張是文化自覺，鍾則是寫作自覺。她們都如油畫家般，在畫架前斜看正看，退後幾步踏前幾步，這裏添幾筆那裏蓋幾筆。她們都想像讀者怎樣看自己的作品，更好說是怎樣看自己。

5.4 抒情史詩　時代個人

捷克漢學家普魯實克認為現代中國文學的兩大特徵是抒情化及史詩化。張鍾兩位女作家的作品都有此傾向。關於抒情，二人之小說固然皆是言情之作。至於史詩化雖不是有意經營，但在時代的巨影下自然離不開當世大事。張愛玲之香港上海都以歷史為背景。《玫》書之情節幾全是隨著時代大事件推進，如在那一年別桂林，甚麼時候到調景嶺、暫住深水埗、何年回廣州探親，都與當代流亡史節節相符，親歷其境的尚大有其人，而更多是自先輩口中聽過。不是史詩，卻自有大河敘事之格調，一如天寶之後杜陵寫詩，可當半部史詩來讀。

現代主義每強調主體的心理現象，以及人際關係的疏離，而這兩趨勢亦正助長上述抒情加史詩二項特點的開展，故竟似四路包抄。張以旁觀角度冷眼看小人物之小愚小智，小奸小壞。而眾人工於計算，互不相親，更不婆媽，既不拖泥，亦不帶水。敘事者也滋陰補腎，不傷自身。《玫》書主角對父母及子女之愛都似竭盡心力而又力不從心，訴不完講不盡，說來說去，最終卻是自己之肉體消逝最真實切身。唯此心與萬物俱化之一刻最具體，餘事都幻，萬物皆灰。

如以繪畫去比喻兩作家，張愛玲畫的是工筆重彩，又或五代隋唐之工筆人物，如《韓熙載夜宴圖》或《簪花仕女圖》，眉目衣飾表情細緻工巧。《玫》書所繪則似五代大山水，幾點小人物之出現，其意義及價值，祇能從大背景中顯示出來。書中個人特質性情，言語穿著都較模糊，祇知道他們之間的關係，究屬深愛或疏離。而張愛玲剛好相反，小說之時代背景，每藉人物之性情行為、處世手段中透出來。張並非不重時代，但她以表現人物之性格作主導，藉人物之警覺與自衛顯出時代之躁動顛倒。

現試用一首杜詩去描述兩人用筆佈局之風格，令二人之分別更清晰可感。杜甫《明妃曲》云：「群山萬壑赴荊門（長鏡頭，大格局，似《玫》書之敘事），生長明妃尚有村（張愛玲筆觸所到，細寫場景及事情人物）。一去紫臺連朔漠（大時代大場景，似《玫》書之敘事），獨留青塚向黃昏（細致描述場地景物，近張筆法）。畫圖省識春風面，環珮空歸月夜魂（筆端愈趨愈細，連面容皮膚也描述，行走搖曳的聲音也聽到。近張之筆）。千載琵琶作胡語（從歷史角度見出個人，近《玫》書敘述之法），分明怨恨曲中論。」（如耳聞其樂，親聆其怨，清清楚楚，類張之筆。又「論」字陽平）。這樣強為之分，主要是為方便突顯二人敘述手法之別。王國維曾借用幾句詞去概括「古今之成大事業大學問者」的三種境界，說完之後自知牽強，補多一句：「然遽以此意解釋諸詞，恐為晏歐諸公所不許也。」我這樣借用杜詩論文章，自然也「恐為杜工部所不許也」，但此正是創造背離creative betrayal之妙處。閱讀之為物，讀者之用心，文學興發感動之可貴，讀者反應理論之新蹊徑，孔子王國維聯想式讀詩之舊心影，皆盡在此中。

6.1 宗教情懷　人天之感

宗教類型與社會形態及個人思想三者息息相關。譬如喀爾文教派Calvinism相信人生之成就及經濟地位是上帝安排，亦是上帝恩寵的明證，這觀念對西方政治經濟以至教育的改革起關鍵作用。而韋伯Max Weber論證新教信念與資本主義的關係，更是家傳戶曉。余英時亦指出儒家倫理對明末商業社會的興起至為重要。大二時在美，除了英文系本科課程，還修了多門別系的科目。其中一門「文化人類學」，一次請了一位外校教授，講述蒙古帝國的一神與多神信仰幾經轉變，卻剛與蒙古皇權的集中與分散時間相符。天上一尊與地上大汗，權力的升降竟進退合拍。發問時間我問：這是否sort of結構功能主義的觀點？那時我學了美國人甚麼都加sort of一詞。教授答：「不是sort of，這正正就是結構功能主義。」原來我們以為怎樣想及信甚麼都不過是自己的個人選擇，實質上每每是社會政治經濟的副產品。上文述及張鍾二位的風格即使有大不同，但都有明顯的時代烙印。《玫》書之敘述者固然驚惶失措，張之語氣縱是矜持冷靜，還時露六朝金粉的冷豔高寒，但末世之感籠罩全篇，主角都似在大海飄搖。若女人最須要的是安全感覺，兩位女作家之女角偏偏最無安全感。

《玫》書中的天主教神父有豔聞流傳，雖褪了色仍是殘點緋緋，裝點在調景嶺民國舊影的鮮紅旗海中，血色驚心，殘陽如夢。而天主教的苦難儀式和念珠聖物皆次第登場，亦似有所作為，可寄予厚望，但最後皆不成其倚靠救贖之方，反成一大誑。而張愛玲的女角從頭到尾都不靠天，仙佛與人海兩皆茫茫，而要靠身體，也靠手段，神之力於她似何有哉，即使她是教會學校出身。但說是不靠天，天命還是不知如何便出了手。《傾城之戀》的傾城不是指美貌，是指一座名城的陷落，炮火連天中竟造就了一對亂世男女。方便婚姻，無多選擇，互不厭棄，合更兩利。而《玫》書的天主教是出現了，且貫串全篇，但神父無行，儀式無用，懺悔無功，幸有念珠還死死執在手裏，看來應有些用。

古今中外偉大的文學作品，總牽涉到命運或一種宇宙力量 cosmic force。信也好不信也好，書中常暗示一種人事以外冥冥之力。西方的希臘史詩與悲劇、但丁及彌爾頓，中國從楚辭漢樂府到《紅樓夢》，都隱隱見到人間以外另有安排或上天早有定案。當然更多的是不信邪而與超自然之力相抗，但到得後來每是那莫名的大力佔盡上風，欺凌或嬉弄如貓玩鼠，個人意志總是力盡關山而未解圍，分別祇是幾時投降或至死不降而已。

《玫》之禱告、悔罪與救贖屬天主教傳統，但書中之情懷，每源自人間自然之愛及對親情之執著，生死與之，不敵，也不降。抗戰前軍事學家蔣百里借一西方世外高人之口對國民政府留下此著名的對日方針：勝也好，敗也好，千萬別與他講和。《玫》書末尾是一大段沒標點的話，如「對就是這樣對就是這樣對就是這樣這就是最好的了這就是我渴望體驗到的對對極了」，然後「這是終點，無所謂了」。《玫》書敘述者之對天命，亦有此不勝，不敗，卻也不和之態，至死也不肯妥協。情深不壽，剛則易折，而茫茫濁世，偏有人抱此玉碎之心，如清流一道，幽咽荒泉，若斷若續往永恒慢慢流去。

《射雕英雄傳》中七子之一譚處端死前念誦「手握靈珠常奮筆，心開天籟不吹簫」兩句。原詩出自邱處機，一般解釋認為是：手握靈珠，以喻出世；常奮筆是為入世。如此理解應該有誤，原句中無此截然兩分之世。握靈珠與常奮筆兩種動作，與乎下句心開天籟，皆屬同一得道之境，入世出世並非殊途。若一句分指出世入世，則中間宜著一字表示相反，如「猶」或「仍」奮筆，以顯無礙、不改，或依然之意。再證之以邱處機萬里奔波欲拯斯民於水火（如有詩曰「我之帝所臨河上，欲罷干戈致太平」「不辭嶺北三千里，仍念山東二百州」）以其生平看其詩句，再以詩句證其平生，則手握靈珠，與入世之途徑本非兩樣，此亦循環詮釋之法。又進一步言之，全真教乃揉合儒釋道三家之義，故手執靈珠，同時奮筆，事所必至，豈有他哉，皆是為了拯救蒼生之苦。原來念珠也好，靈珠也好，並非真是為了身後或天家，毋寧是世間安頓之法。

念珠象徵虔誠憐憫與贖罪，更有聖母身為母親的苦難與承擔。蘇聯符號學家洛特曼 Lotman 特重語言文字的社會文化脈絡，認為每一語言符號，都可連結到其使用背景，使讀者有特定的聯想，引發普遍的感受，產生相類的效果，是之為文化語碼或符碼 Code。亂世之中，觸目所感，平生之哀，身世支離、家國破碎，其無力之感、廢然之嘆，充斥全書。敘事人欲有所為，卻不知能否有所作為，甚至已自知無可作為。斜陽冉冉、東風無力，愁煞自己，亦愁煞旁人。餘生無可著力之處，都託付予一串玫瑰念珠，但這種特定的文化語碼，也局限了讀者之接受範圍，連基督教（以別於天主教）徒也可能覺得格格不入，遑論傳統的中文讀者。玫瑰美得來帶異國情調，玫瑰而曰念珠，熾熱燃燒與鍾愛纏綿，但依然擺脫不了世間的恩情，救贖不了世人的苦難。

6.2 生命之力 死滅之哀

《倚天屠龍記》中滅絕師太曾冷笑道：我死又有甚麼大不了，要知「千棺從門出，其家好興旺，子存父先死，孫在祖乃喪」。小時讀到，衹覺是狀其狠辣。到得後來，漸知所謂黃老之術，及道家生殺同時之論，亦莫非此情此意，更是大自然常見現象。小海龜剛破殼而出，甫睜眼便要逃命，僅存在於天壤之間三兩分鐘，數千隻便在沙灘奔往海洋，沿途不住被捕殺，百不存一。而到了海中，也大部份被大魚吞食。三文魚或裸鯉溯游而上，回到原生地產卵，也是這樣絕大部份沿途死去。但不經過大自然的無情淘汰，其物種又可能易於衰亡。且山火或火山爆發之後，灰燼堆中，萬物又欣欣向榮，物種還更豐富多樣。

清譚獻評歐陽修《采桑子》首句「群芳過後西湖好」有云「掃處即生」，掃而後生，竟似打天下之英雄口吻。歐句或無此凌厲，但廓清閒花雜蕊，另有其清景無限、物得清嘉之好。張愛玲小說中的天地不仁，既遙接民間生存要緊，衣食為上之風風火火，也暗合道家天地不仁之思想。對此覺得不安樂及不接受，可以，但此中有一種荒誕的超現實，亦即比現實更現實，而這種體會與生命情調，與《玫》書所顯示的憂時傷世，悲憫同情，無限留戀，可謂背道而馳。金聖嘆五歲時於井畔嬉戲，握石子欲投井中，又想如此則石子永無再出之理，思之再三，幾度徘徊，終於一擲而下，飛奔回家痛哭。《玫》書作者本亦不捨之人，偏要作斷離之行，更故意示人以參透之功。到了最後，對和尚、雨傘、包袱，都喃喃自語說不記得不要緊（「……我對生命的眷戀不要緊的不要緊的……不要緊的」）。但偏偏還有我，卻記得清清楚楚。

無力之感與消逝之哀，籠罩著《玫》書。而張愛玲在《談女人》也說：「人死了，地母對自己說：『生孩子有甚麼用？有甚麼用，生出死亡來！』」這大白話就像魯迅所說，有人生了孩子，客人赴宴時對主人說：這孩子將來是會死的。魯迅意思是那客人說的其實是真話。但如此真話，沒有人聽到會安心。也幸好張愛玲眼中之地母，其實似有不死之身，縱使是死，亦不過是生的一部份，生命不會因死而停頓。張愛玲也有哭泣的時候。她在《談女人》中，說自己讀劇本《大神勃朗》，讀到第三四遍仍「心酸落淚」，並說：「如果有這麼一天我獲得了信仰，大約信的是……地母娘娘。」「……又是生命！——夏天，秋天，死亡……總又是戀愛與懷胎與生產與痛苦……」「這纔是女神……世俗所供的觀音不過是古裝的美女赤了腳，半裸的高大肥碩的希臘石像不過是女運動家，金髮的聖母不過是個俏奶媽，當眾餵了一千餘年的奶。」「女人縱有千般不是，女人的精神裏面卻有一點『地母』的根芽。」健碩肥大有生育能力的女人，最能令她感動。

她還在多篇文章提及這種「乳房豐滿，胯骨寬大」的女人，譬如在談高更的名畫時她特別注意那「裸體躺在沙發上」的女人，「有一種橫潑的風情」。因為那是最原始的力量，是生命之源。她用地母根芽一詞，令人想到納蘭容若詠雪之名句：「別有根芽，不是人間富貴花。」雪花易融，納蘭早逝，就是缺乏那種橫潑野性的生命力。富貴榮華，羅裳錦衣，又有甚麼不好。自有人不介意都市沉淪，趁著青春少艾，有心有力，覓得長期飯票，可確保長期賣淫，固所願也，難求之耳。而地母根芽，也正正不是《玫》書中那多思多慮多愁多感多憂多患略帶神經質之女子。她想得太多，不利生存，生命成了一串猶豫嘆息，百般追悔，念念不忘舊時月色，喃喃為何如此，生命力遠不及張愛玲心領神會的地母，缺少那種洪荒莽昧的蠢動生機，沒有遇佛殺佛的橫絕四海。

6.3 誰曰無衣 誰憐小鳥

張之自覺抽離、冷眼旁觀，不論是故意也好，是本性也好，總造成一種荒謬的震撼，教人哭笑不得，哭笑難分。張在一篇散文道：「在香港，我所初得到開戰消息的時候，宿舍裏的一個女同學發起急來，道：『怎麼辦呢？沒有適當的衣服穿！』」引文後沒有一本正經的批評譴責，也沒暗示於我心有戚戚然，就衹平實道來。不說山河板蕩，神州陸沉，沒有傷時涕淚，生靈塗炭，但有一種反諷，是詭異而又真實的兩種景況。一樣擔心，兩般天地。是天荒地變對肉糜蛋糕被服羅裳的碰撞，造成超現實的夢幻以至夢魘感覺。

但衣服在近，有貼身之感，甚至似肌膚之親。綺年玉貌，青鬢紅顏，又有甚麼要避忌慚愧呢。外面烽火連天，天崩地拆，衣食住行還是要理會，還得要注意呀。張在文章中此時此候以此方式以青春女兒口吻閒閒道出，雖有可惡之感，但這種不離現實，即使荒謬，亦不過是凡夫俗子世上人間的荒謬。而作家阿城等人念念不忘，那千百年來浩蕩淋漓的俗世文學，那元氣飽滿暢旺條達的熱鬧民間，就正正在這些軟紅塵裏客的醉生夢死中透出。情深何用，多慮何益，不動心反能全身而退，讀者或惡其俗不可耐，又或厭其涼薄沒心肝，但五濁惡世本來就是如此纔死不去爛不掉。衹求留得一口氣在，兵荒馬亂也莫奈他何。青春與凡塵自有其折不斷的生命韌力，任爾外面炮火連天。

鍾玲玲則在書中不止一次提到以下一椿名符其實的小事。若上述張愛玲文中那愛穿麗服的小故事衹是人海微波，這小事更不值一說：

「我想起好久以前曾經在一部思想自傳中讀到的一段往事……這個少年在某個晴朗的午日隨手撿拾鄉下住家附近散落一地的蘋果擲向安靜的密林，一隻受驚嚇的鳥突然在半空中被射殺了。」

跟著是敘述者一連串的疑問，困惑惶恐：

「牠會是正在樹上棲息的東藍鴝嗎？牠會是正在樹上打洞尋找蠐螬和甲蟲的啄木鳥嗎？牠會是正在枯木上挖洞築巢的五色鳥嗎？牠會是正在枝椏間以乾草莖築巢的白頭翁嗎？牠會是正在餵飼雛鳥的紅嘴黑鵯或黑領椋鳥嗎？如今牠的殘骸說不定正躺臥在田野間一整片藍色的百子蓮白色的卷耳草橙色的旱金蓮和白藍兩色的晨霧草等等等等中央，他不知道誰居住在那片柔軟的土壤中，但卻知道這件無法彌補的大蠢事本來可能以不同的方式發生又或者根本不會發生但已發生的都發生了。這件發生於一個明媚的午後的突發事件使少年用一生的時間思索生命的偶然和命運的必然。從一聲啼叫到長長的詠嘆。我的兒。我的兒。難道我不應有絲毫的感傷嗎？」

其實她的話還未引完，敘述者仍自言自語婆婆媽媽地沒完沒了。但古今仁人之所憂，秋士之所懷，佛家所說之水陸眾生以及罪業悲憫，詩人所感之有情世界萬事關心，都盡在這一念的牽情嘆息中。這裏唯獨欠缺道家天地不仁之悟，又或天地不與聖人同憂之識，更無黃老之徒生殺同時之冷靜或狠辣。黃老之輩當覺得，作者之生命有時是繃得太緊的絃，或恐琤的一聲斷掉。不潔之物、不明不白之事何多，何不一手撥開，再整整衣衫，拍拍灰塵，沒事沒事，天地本就如此，別少見多怪。

6.4 歡者自歡　哀者自哀

溫庭筠有詞道：「驚塞雁，起城烏，畫屏金鷓鴣。」此中歡戚不同，苦者自苦，靜者自靜，毫不牽腸動心。大自然之理或果真如是，但未免有情，誰能遣此，坐觀不幸，終覺未安。叔本華曾說虎蕩羊群之樂，遠不及羊群被撕裂之苦。在這「無端害死鳥」事件簿中，《玫》書之敘述者生出悲智同情，並對女兒淒淒道出，欸欸而談，但仍說不清道不盡天地之心，人生之難與苦。此中有做母親的善心盡意，對女兒愛護期許的百轉千迴。現象學所謂之顯微結構，以及作者之思維樣式，就是於這些小事中見到。《玫》書作者常流露一點不忍之心，就如在黑暗密室打開一扇小窗，透出一線人道甚至天道之亮光。可悲的是，亟欲打開此窗之人，正是因為有一顆看不開的心，有一個打不開的心結，有一副放不下的心腸。

張愛玲在《留情》中述一對俱是再婚之夫婦：三輪車經過「一座棕黑的小洋房……米先生不由得想起從前他留學的時候」他那一段婚姻。跟著又經過另一幢房子，這次是太太了，「灰色的老式洋房，陽台上掛一隻大鸚哥，淒厲地呱呱叫著，每次經過，總使她想起那一個婆家」。原來她的那段婚姻，比丈夫的還淒清。回家路上，兩人都格外心滿意足，這妻子於是想，經過剛才之地，「不要忘了告訴他關於那鷯哥」。一隻小小鳥兒值得一提，祇因牠牽繫到過去的滄桑，尤其是見出今時的慶幸。外物於張都要連結到現實才變得有意義，張之敘述沒有多餘的玄思遐想，調動不來無益的架空同情，拉不上對萬物生滅的人天悲感。張是有緣有故的愛戀，鍾是無緣無故的憐憫。於對一隻小鳥的態度中也可見到兩人的大分別。

有時旁觀不幸也可生出幸福之感。多年前在旅遊車上，隔座有人說起其老鄉在田間捕得大雁，分他一杯羹：「野味煲湯好甜。」津津回味，羨煞旁人，我卻想到元好問的哀思。不知那大雁是領航一員又或是負責殿後的。雲天萬里，據說有經驗的雁隻飛在前面，交替頂上，分批擋風，另有老雁墮後，以防有掉隊的，而中間盡是年幼的雁群。當時我在車上口占一絕：「幾度衡陽對夕曛，淮南月冷霧氤氳，艱難老雁包前後，死向雲山望舊群。」淒涼老雁，力盡關山，再也不能前前後後掩護幼雁了。他年丁令歸來，城廓人事亦已全非。而王國維有詠雁《浣溪沙》，卻故意如此寫道：「天末同雲黯四垂，失行孤雁逆風飛，江湖寥落爾安歸。陌上金丸看落羽，閨中素手試調醯，今宵歡宴勝平時。」（丸讀陽平，粵音完。看字陰平，如看更的看）把失行孤雁射下來作珍饈，今夜比平時更開心。關鍵在「勝平時」三字，是勝利者的慶幸。王氏另有《蝶戀花》道：「好夢初還……莫遣良辰閒過去……此景人間殊不負，檐前凍雀還知否。」也是身在福中遙想不幸而暗自高興。而張之筆觸，有時略近深受物競天擇與尼采及叔本華學說影響的王國維。

6.5 天花黏滿 人我皆病

《玫》書語氣沉重熾熱。存在主義每說當下承擔，抵抗瘟疫亦無本地人外來客之分。大難當前，盡是一身之內，一己之責。《玫》書敘事者對人生從沒逃避，負荷不了仍死撐到最後一口氣，並以此作全書終局。一身投入，沒有冷眼，不作旁觀，入世間之中，作世間之事，吃世間之苦。張旁觀譏誚，世故聰明。偶開天眼，遙覷紅塵，其優點在冷靜通透。事不關己，點一爐香娓娓道來，這種作品很難臻古往今來偉大作家之列。而覺天地有情，天憐幽草；人我相連，憂戚相關。有此種心靈未必使人成為大作家，但沒此心靈必不能成偉大作家。

張有紅塵的絕頂聰明，亂世的蒼涼感悟，卻追求剎那的現世安穩。張的世界是有嘲弄沒同情的繁花照眼，開落等閒。佛經故事中，維摩有病，佛遣使問疾。其時天女散花，不着維摩身，不着菩薩身。說得好聽點，張愛玲竟如得道之身，天花不着。她自己不黏不滯，從不傷己，連她所述之主角，如《傾城之戀》的男女，都各有盤算。計算得好，又怎會傷心與傷身。而《玫》書敘述者則傷筋動骨，死而後已。最後死生愛恨就了結在一間小房子的小牀中，沒有美人黃土，不思還魂隔世，無多救贖深恩，不說甚深微妙法。

張愛玲寫的是末世心情，是繁華與秩序消失前夕的蒼涼，鍾玲玲則反映所處身之大崩壞大潰散的旋渦當中。張愛玲未必是無動於中，但鍾肯定是大動於心。千般愛戀，萬縷絲牽，都成了眼前的殘陽亂照，破裂支離。未曾有故國，如何追憶繁華；從來都是被拋擲，又何能立定腳跟。生殖、血污、愛慾、消亡，都疊在一起，亂作一團。不似是亂世，但分明是天地翻覆，三生變亂。此種敘述，今昔同場，連今昔的對比都省卻了，又怎一串玫瑰念珠了得。

6.6 來日大難 解脫何方

張愛玲的世界有其自救之方，暫時之物她也先拿上手再算。她仍相信有實質的東西可以把握得到，錦衣美食固好，浮名浮利也不錯。她時覺一切未全爛掉，即使要崩壞亦在明天，一如古樂府《善哉行》所說：「來日大難，口燥脣乾，今日相樂，皆當喜歡。」（難字陽平，如困難之難音。）就趁著樓塌前，好好地二十四橋朱樓明月，是故她的世界有一種匆遽，什麼都盡快，出名固然如是。她在《流言》說：「有一天我們的文明，不論是昇華還是浮華，都要成為過去。然而現在還是清如水明如鏡的秋天，我應當是快樂的。」在《傳奇》裏更直接了當：「出名要趁早呀！來得太晚的話，快樂也不那麼痛快。」「快，快，遲了來不及了！」又道：「個人即使等得及，時代是倉促的，已經在破壞中，還有更大的破壞要來……如果我最常用的字是『荒涼，』那是因為思想背景裏有這惘惘的威脅。」

《紅玫瑰與白玫瑰》中有此富象徵性的名句：「普通人的一生，再好些也是『桃花扇』，撞破了頭，血濺到扇子上。就這上面略加點染成為一枝桃花。振保的扇子卻還是空白，而且筆酣墨飽，窗明几淨，只等他落筆。」其實小人物對命運不能掌握，至多也像是紙上揮毫，依然不成其桃花扇子，真箇變為絕代之人。而《玫》書中提及的抗戰、改朝換代，以及九七回歸，轟轟烈烈的歷史大事，不斷在書中出現，每是主宰一切，書中人物就衹是這些大背景之下穿插浮沉的小角色。悲哀也無力，不成其悲劇人物。不像傳統西方悲劇的顯赫中人那樣，因性格缺點 tragic flaw 而做出錯誤決定，一步步走向滅亡。

張鍾兩位寫人生世相，回看前塵，不論隔岸或近觀，皆是有反省的人生（李後主的作品，顯示的是沒反省的生命。其追憶和追悔，實不同於自我觀照）。《人間詞話》有此一則：「詩人對宇宙人生須入乎其內又須出乎其外。入乎其內，故能寫之；出乎其外，故能觀之……」其實出與入僅皆就程度而言，鍾入得深且出得遲，幾陷泥足，但其於柳暗迷途中尚能窺見花明遠處，依然能觀能寫。然有此種執迷失路之過程，出來之作品，感慨特深，矛盾特大。縱使突圍而出，奪路狂奔，驚惶之餘，仍到處自問問人：我出來了嗎？我真的出來了嗎？旁人一看，或會說：看上去是出了來，但再看，又可能衹是身體出了來。借用李商隱的詩，應是「秦台一照山雞後，便是孤鸞罷舞時」

（秦台指能照見內臟以至內心之鏡子）。作者自書身世，省識前身，一照之下，自己也可能吃了一驚。

兩位作者筆下的女主角都沒甚力量，不能自主，但張書的女角憑世故和計算，每能另闢蹊徑，殺出一條血路。都說無非是都市墮落的故事而已，但墮落也是一條生路，苟且偷生亦是生路，尤其是對勢孤力弱的亂世女子。古希臘史詩兩軍對決，但勝負不在於雙方將帥，在於諸神天上鬥法。祂們正忙著出招，極盡古靈精怪之能事。下面將士的命運並不是自己的命運。如果易諸神之力為亂世之力，則兩位女作者書中主角的命運與際遇，都是時局在興風作浪，不由劇中人作主。在張愛玲筆下，大時代之嚴霜肅殺較能解釋到女主角的性格行事——要知連冷漠也是一種自救的反應。《玫》書敘事者的彌天憂患，每不知從何而起，似是自然而來，本就如是，但細思卻又不然，也怪不得她要從父母輩細說從頭。克莉斯蒂娃 Kristeva 直指憂傷本是女性的生存情況，永遠揮之不去，則連憂患也是前世今生兩路合圍。汪中《自敘》謂「榮期二樂，幸而為男」。以此類推，則張鍾之哀，或因不幸而為女矣。《玫》書作者處於東西與朝代遞嬗的夾縫中，不甘不捨，半生彈指聲中，落得箇意難平。悵望千秋今古，似此學識才情，有種委屈與歡喜，名字即使寫在水上，也得要冷冷作響，時泛餘音。

7.1 匆匆翻閱　廢卷茫然

批評家史坦拿 George Steiner 曾在《論詩之難明》*On Difficultly* 分析約有四種情況：

第一種叫 contingent。指有其原因，即「其來有自」，但要視乎情況而定何因。譬如文化上 cultural 有差距，不一定指不同國家之文化，如較少聽爵士音樂或中國小調，初聽或也會很難接受。

第二種，Modal，屬情態或語氣上之阻礙。虛心去讀，但看來看去，不喜歡就是不喜歡，甚至討厭，或許是品味 taste 或個人經驗 personal experience 的問題。

第三種 Tactical。是技術原因。作者或故意令其難明，或故示高深，又或是令其生澀，避甜熟滑膩，逼使讀者用心細想。現代詩不少是瞧著這方向而行。

大四那年於梨華過港，小住在中大余老師的家。一晚余師叫了我和一位女同學去談天，直至深夜。余師母等提到王文興的《家變》，便都說其晦澀詰詘，或是故意如此。

第四種是本體問題 Ontological。作者故意打破此文類 genre 的傳統框框，譬如嘗試新形式，欲超越藝術之為藝術 the idea of art itself 此故有觀念。初讀《玫》書，似四罪齊犯。「唔知講乜。」第一二宗罪其實是讀者問題，譬如筆者便很不熟悉香港現代文學。再讀，倒生出一些感覺。以下略述近代文學的發展，從中試釋《玫》書難讀之原因。

7.2 古典現代　健康頹廢

《蘭亭序》東塗西抹，若沒有當時後世眾多高鑑賞力之書家推為神品，則祇是廢稿一張。南宋以來詞家多認為吳文英之詞勝在「密」，即是意象濃縮，將很多東西堆在一起，用極短篇幅來說很複雜的意思。這樣的表達方式易惹反感，胡適劉大杰等便完全不能接受，罵聲四起。又如清初詞人王士禎《蝶戀花》「往事迢迢徒入夢」一句，有人覺得「往事」可能是王暗指自己年輕時所寫之《秋柳》詩，當時風靡南北，和者千百，其實深層原因應是清初文人尚多心懷前朝，借秋柳此一文化語碼 cultural code 暗表故國之思。清末蔣鹿潭詞《木蘭花慢》：「嬋娟，不語對愁眠，往事恨難捐。」論者皆知「往事」指的是鴉片戰爭英兵陷鎮江之事。但如沒有一代同路人形成之詮釋群體 interpretive community，則閒閒之語，「往事」不知從何說起，究有何深意。南宋詞人劉過《唐多令》「舊江山渾是新愁」，所指乃宋金交戰的大前方武昌，一句中亦滿含身世飄零家國茫茫之嘆。凡此祇是舉例，解釋讀者不單影響作品該如何讀，也間接影響到作者如何寫，往何方向發展，用何種手法，例如可含蓄蘊藉而怨懥尚能透出，反增深意韻味。而《玫》書作者似不大在意讀者之接受程度，所述興亡往事與其身世性情的關係似有還無。蘭因絮果，萬里絲牽，讀者或會輕易錯過。

現象學理論強調，在探討文學作品時，不但要顧及作品本身，亦要顧及讀者，對作品的各種反應。以下略述現代文學的背景，以便更清晰見到《玫》書的寫作特色，亦窺見讀者眼中所見何物。二十世紀三零年代歐洲文化界有一關於現實主義與現代主義的大辯論。德裔猶太學者盧卡契力主保持歐洲古典人文傳統，特別是現實主義之模仿真實 mimetic 手法（自柏拉圖以來西方文學最重要的觀念），他對於新興現代主義的疏離效果 estrangement，如布萊希特的戲劇，皆大肆批評。而當時的表現主義常用的片段式，斷裂式、拼貼式 collage 手法，亦是盧卡契批評的目標。喬哀思在《尤里西斯》的意識流手法，自然無可避免首當其衝。相反，現代主義則認為蒙太奇效果正適合表達現代經驗的分崩離析，而當時的表現主義作家亦用此法捕捉陰暗深沉零落悲觀的調子。

盧卡契說這些手法色彩繽紛，令人目為之眩（有似張炎評夢窗詞為拆碎七寶樓臺，不成片段），實則是灰上加灰。此種反現代的態度，劍鋒所掃，現代大詩人葉慈與艾略特、小說家喬哀思及吳爾芙等人的嘔心瀝血創作都不能倖免。總而言之，古典主義的手法是封閉式 closed form，有起承轉合，有明確具體的終局，各種衝突都得以折衷消弭。現代主義的結局則每是開放式open form，曲終未必雅奏，問題依然未止，甚至剛剛開始，又或矛盾懸而不決，讀者可自行思索介入，也等於參予創作。

7.3 《玫》書手法 古典之忌

《玫》書的敘事手法，正正犯了盧卡契所評現代主義的各種毛病。《玫》書挑戰讀者之舒適習慣，擺出趕客姿態。盧卡契批評現代主義病態和墮落，故意設計些古怪技巧去迎合現實生活的扭曲，卻更加深原有的扭曲現實，又將這種扭曲歸咎於現實本身。他對現代主義小說尤為不滿，認為皆是孤獨、反社會、無法建立人際關係，令到孤寂變成人間常態。孤寂的普遍化造成兩種現象：一是小說人物面目模糊，祇禁錮在個人經驗裏，不是完整的個體。二是小說再無歷史脈絡，一片虛無。盧卡契認為正因現實的夢魘特質，更應盡量善用傳統現實主義的精神手法，發揮文學的社會功能，扭轉破裂的世界現象。意識流與內心獨白可以用，但不能喧賓奪主，尤其不宜像喬哀思那樣高舉意識流之大旗，用作敘事主調，以光怪陸離的手法牽引故事前進。較後的戲劇家貝克特在盧氏眼中更一無是處，祇展現夢魘一般的現實，是孤寂和自我禁錮，是意識混亂的白痴，是徹底的人性墮落。《玫》書作者早生數十年，定會陪著捱罵。

盧氏不斷用健康與頹廢二分法判別傳統與現代技巧之異，但其理論偏重敘事文學，如小說戲劇史詩，對抒情詩則似外行人說外行話（學者阿登諾便曾說他評論抒情詩的能力有限，時常謬之千里）。普魯斯 Proust 在《追憶似水年華》中的隨意回憶與自由聯想，接近詩之跳躍，他便完全接受不了，認為不寫實，太個人化和內在化。《玫》閃動於今古東西，悲哭無端，忽然又去探討寫作與閱讀的心理甚至生理狀況，盧卡契一派或視之為怪力亂神，不屑一看。

工商業社會重消費，以消費者的接受態度為主。舉音樂為例，輕鬆簡單，悅耳流暢的旋律最受歡迎，但聽眾又容易受到麻痺。另一些音樂家如 Schoenberg 的作品便走另一極端，故意打破聽覺的習慣，造成震撼，要聽眾全神貫注，自行重組，賦予意義，主動地參予藝術的欣賞過程。但此過程與消費習慣背道而馳，所以打破傳統，遠離舒適，祇能是小眾作品。其實龐德在 *Cantos* 的思想跳躍、史事拼貼及意象並置手法（龐德後期稱之為「漩渦」Vortex，還帶有能量），亦是要徹底改變讀者的閱讀習慣。媒介 medium 或手法徹底改變，傳播接收的方式不同，讀者的感受自然會有根本變化，消費者的態度於焉向兩極發展。

現代主義認為將個人放在大時代大社會的脈絡中，更能展現整個社會的大氣候大環境，此亦是喬哀思及貝克特以至現代作曲家的能耐及成就。前衛藝術要刺激觀眾，摒棄傳統平實的敘事手法。他們的特色是內在化和個人化，常喃喃自語，以夢囈式的獨白發出時代的聲音。當代學者如詹明信亦認為外在和灰暗的敘事已不能滿足要求高的讀者，而濃縮及有色彩的語言富象徵意義，能再現以至再建觀眾的內心世界。若替《玫》書定位，則其敘事正屬此類方法。

7.4 雅俗之別 新舊之爭

純文學的敘事手法不看觀眾眼色，不受觀眾口味影響，可以技巧多變，推陳出新，而俗文學敘事手法每依傳統，已有既定市場，證明大眾接受。米勒 Hillis Miller 曾解釋，故事情節相似，觀眾看得舒服，便是其存在原因，此亦肥皂劇以至一般大同小異之流行小說這麼受歡迎。通過重複來鞏固人生信念與經驗，亦可維護習俗，肯定社會秩序及意識形態。而純文學從敘事手法到內容都欲創新，打破常規，挑戰傳統，顛覆語法，讀來不舒服，大眾多望而卻步。

雅俗界限原不易分，傳統的四大小說，俗而能雅，由俗生雅，又由雅生俗。從張恨水到金庸以至張愛玲，皆打通雅俗界限。張愛玲的敘事技巧，也滲入了不少現代主義的元素，例如其意象之繁富多姿，雜蒼涼與華麗相反感覺於一篇中，已不能說究竟屬俗文學或純文學了。她的場景轉換繽紛，如電影般靈活利落，故能劇力萬鈞，遠超一般通俗小說的平凡走過場。張愛玲吸取鴛鴦蝴蝶派小說及荷李活流行電影的養份，將人世的蒼涼添上生活的華麗及俗世的鮮豔顏色，反將沉悶的現實推遠，造成一種距離感，讓讀者也可高高在上，下視小人物之悲歡，又可造成反諷與荒謬意味。張愛玲的女主角與母親的關係每是高手過招，但亦深受母親之苦。當初感覺不到愛，後來也不大能愛男人。自以為有選擇，其實是身不由己而不自知。此種戲劇張力每能引起讀者興趣，令人看得過癮。她有俗文學的光怪陸離，充滿都市傳奇，而觀察細微，機智冷峻，譬喻鮮明具體，可謂玄思妙想，又超越俗文學以娛樂為主的消費趣味。其實人世所謂喜悅，多不過是尋常之樂、下等之福，每跳不出吃喝穿衣之事，都是很具體很當下。讀者將愚昧小動作看在眼裏，更加感到熟悉親切但又可隨意笑罵。有如一步踏入連鎖店，感覺就是熟悉舒服。

《玫》書中的擔心苦惱，卻是較形而上的憂患；其困擾孤絕，是親人之間心靈的疏離，而上面有一上帝事事關心，紅塵俗世的消閒讀者不大有興趣，覺其不著邊際。她那種抽象遙遠，並不同張愛玲所營造的觀眾對劇中人隔岸觀火的安全距離。歷史沒有假設，但手法或道路之選卻可以別作考慮(Robert Frost 便有詩 "The Road Less Traveled" 說如果當初於三岔路口選了另一條路)。如果鍾玲玲之鋪排較多生動景象，情節較多戲劇之起伏，思想較少飛躍跳動，而又如傳統說故事般用生動語法誇張衝突，製造懸疑而令讀者追看究竟，則此純文學亦可雅而能俗。其實俗文學亦有其民間元氣，不妨礙

《玫》書之雅，反有助其大江東去之史詩式敘事氣勢，更能突顯微小個體孤絕無助之哀。

其實張愛玲晚年之作已少了光芒，祇繼續做其擅長之事，似欲了結未平之意，未完之願。她最精彩及重要的著作，多在抗戰期間完成。張之寫作生命漸見萎縮，晚年小說似以不忿、澄清甚至唱對臺戲為多，其心境並不平靜，敘述亦不算「好看」。但觀眾仍是要看，祇因為要追看張愛玲。鍾玲玲作品不多，從前作品更不易見到，是故可將《玫》書視作晚期之作。書中充滿不安渴望與矛盾掙扎，內心衝突未嘗稍緩，甚至愈演愈烈，幾可說是以身相殉，最後以自道一己之消亡作終局。全無才子，何處佳人，無端漂泊，幾曾團圓，與所謂「好看」的俗文學南轅北轍。

7.5 舊土新枝　新土舊枝

張之技巧舊而意識新。鍾之思想較傳統而技巧前衛。當然這衹是比較而言，不能簡單二分。譬如鍾書中之愛憎與家累雖不脫傳統框框，但其所寫之崩離世界也配合其斷片式之現代書寫。張之男女主角雖不保守，依然心存另有一清平世景。張之敘述者穿堂入室，進出自如，適合她冷筆寫人生，細微細眼的近距離觀察。若論小說技巧的演化過程，從十八十九世紀寫實主義的大師將全知觀點技巧推到最高峰，跟著是第三身有限觀點 third person limited point of view，到二十世紀的第一人稱，將重心放在一「中心意識」central consciousness 上，轉而內心獨白，又再跳至意識流（二者並不一樣，內心獨白仍屬理性語法）。按文藝史理論是一種演進，又或是推陳出身，一如四言敝而有楚辭，楚辭敝而有律絕，律絕敝而有詞。

全知觀點，方便張愛玲作聰明通透世故甚至犬儒的評論。而《玫》書作者的內心獨白則有助敘述者獨自沉吟，徘徊沉思自我拷問的思慮情懷，也突顯出矛盾掙扎的過程，尤其是最終不識不知，溺於愛憎及人生苦悔。近世小說大師特別強調呈現而非敘述 showing rather than telling。而張對景物衣飾描寫細膩，如電影鏡頭般清晰，可補救全知觀點較為間接之描述。鍾之第一身兼內心獨白是較新穎的手法，其閃躍跳接之思想及拼貼 mosaic 手法更屬現代技巧。但張頗不受傳統男女關係之束縛，樊籬撤盡，雙方鬥智鬥狠，而鍾之角色內心依然是舊派的愛上帝愛父母愛子女之輩。所以古老新穎，全知或第一身，都不成其分野或局限。

把華麗與蒼涼兩種相反情調結合得自然而然，是張愛玲最大的特色，好像人生本就如此，東邊日出可以西邊雨，還有彩虹如夢橫亘。詩中也時有不相類的意象或情調一起出現，不協調中反造成新奇瑰麗的藝術境界。龐德當初把漢詩英譯時，便曾擺了個大烏龍，將兩首主旨相反的李白詩當作一首去譯，而第二首的題目則變成一些連接上下之轉折字眼。前詩道功名富貴不可恃而藝術千秋，後詩則是風花啼鳥春光柳色的應制之作。龐德憑空作出一把詩人聲音，以內心獨白向讀者交代，將放浪形骸之貴與名韁利鎖之蔽兩種相反人生觀巧妙地融在一起，借中間待命應制前一剎那出神之思，述園中景況，最後又回到前詩之此時此刻，重申名利之無憑，好使主題統一結構完整。論者曾指出此次大烏龍反提供一練兵機會，令龐德在其後煌煌巨著《詩篇》*Cantos* 裏更擅用此種兩重意識交疊之法。而張愛玲的華麗蒼涼，略近此種錯雜交加之技巧。《玫》書敘述者則始終不悟，一往情深，至死不改亦不悔。

事實上作家並非哲人或修道之士，不一定要悟。屈原杜甫正因始終不悟，而寫出震古爍今之作（屈原在不悟中卻另有一種夷猶，悠然甚至瀟灑，未知是否與其貴族身份有關，如「望崦嵫而勿迫兮」「恐鵜鴂之先鳴兮」「路漫漫而修遠兮」「老冉冉其將至兮」，此中自有空氣疏通流轉。明明心急如焚，語氣卻是你急我不急）。

《玫》書說情寫意，每是一語到底，且句句用力，不作含蓄蘊藉之筆。錢鍾書曾嘲英國漢學家韋理 Arthur Waley，笑其大量選譯白居易，謂足見此外國人眼光品味甚差，因白之作品詞沓意盡，了無餘味，於中國祇屬二流而已。其實此評論反顯錢氏識見之不足。翻譯之選材以至手法每視乎目標語言 target language 之文化背景及讀者接受情況。白詩較近散文，而韋理正欲打破規格，用創新之句子，棄用傳統英詩之抑揚五步格 iambic pentameter，改以自由體 *Vers libre* 翻譯漢詩，所以白詩不論內容及語法皆是最適合之選。洛陽龍門之白香山墓園便有日本文化人立碑感謝，譽白居易為日本文化之大恩人。白居易散文式 prosaic 之敘事方法，譯成外文每能將內容音色之損失減至最低程度。況且中國詩文裏將意思說盡未必就是格低一等。杜甫李後主便常常竭盡氣力，以其意誠，更顯沉痛也。亂世之哀，不作掩映搖曳，不逞飛揚之態，不多神思妙喻。沉哀不絕，天上地下解脫無方，是《玫》書之寫作特色，亦是其感人之處。

十九世紀以後，小說家漸棄第三身全知觀點。連福樓拜 Flaubert 偶也偷龍轉鳳，將自己偷偷放入場景之中（略似希治閣每以路人甲乙之身份出現劇中），是以又不似全是第三身。《史記》之「本紀世家」，最後每有一小段「太史公曰」，作俯仰今古的感喟，抒發刻骨銘心之言。王國維引尼采語，所謂「一切文學吾愛以血書者」，若改作「以血淚書之者」則較近常理。古今感人之作，每見到作者嘔心瀝血之聲音，文學如是，連史事或記敘之文，亦可以如是。此中有人，誠懇細訴，未必定要奇思壯采。文學作品能感動千古，每是以語氣勝，以深情真摰勝。幻想與創新，文采與聰明，尤在其次。

7.6 回憶敘事　小說波瀾

回憶敘事學或有助闡釋《玫》書之特點及不足，及造成其難讀之原因。一般小說須要情節去推動，最好更有強烈的戲劇衝突，而敘事亦先要有事可敘。張愛玲的小說，人物場景都鮮明仔細，更重要的是有引人入勝之事件去推動。但《玫》書之敘事，主要通過一個人的中心意識 central consciousness，藉其個人之記憶 individual memory 去開展和完成，而非一般意義的以情節起伏去吸引讀者。《玫》書不靠情節，又或情節不明顯，主線就是作者之記憶敘事 memorial narrative，鋪陳其童年及中年之往事，抒發她之反省，她之失落與疏離感，就中容或將時間顛倒迴旋，穿插往來，但大致上是一種回憶敘事，故事的主要素材就是她的經歷與感想。

作者雖選擇能肯定自我甚至可供懺悔之事情，但故事的發展大致受制於回憶加想像的敘事策動力 narrative imperative，依事件之關連性質 narrative connectedness 聯綴成篇。而跟據敘事學原理，作者循故事的邏輯去編織記憶，自述其生命特色的同時，亦將記憶消解，自我吞噬 devouring。也就是說，如此這般之記憶敘事，到耗盡情節一刻，既是文本終結之時，也象徵生命將完，或朝著剩餘的時間步步靠近（參見 Owen Flanagan 及 James Olney 等人著作）。奇妙地此亦是《玫》書之終篇場景：敘事者精神肉體已消磨殆盡，預寫死亡，想像命終情景，自頒「終令」，亦有似現代人偶然會有的行為：自拍死亡一刻，甚至直播死亡。

《玫》應是接近自傳式之小說，但其情其事亦與一代人同此呼吸，故個人記憶亦滲入了集體記憶 collective memory，所追憶之往事都不是簡單直接的恢復 retrieval，而是想像讀者之所知，亦即他們所認識的歷史，再加入自己之所聽所聞，一同製造而成，是一建構過程 constructive process，更好說是一種小心翼翼多方兼顧之重構 reconstruction。《玫》書時常年月皆清楚寫出來，或可說紀錄下來，如全書第一句劈頭便說：「二〇一五年二月……」這章最後又像一些書信那樣，在末頁右下角寫上「二〇一六年二月」作紀錄。仔細記述時間例子不勝枚舉：「民國十九年冬……」「民國三十六年夏……」很多時更似歷史教科書那樣：「一九一九年……一九二一年……在其後的十八年中……同年七月，解放軍……」「民國三十七年夏……」「一九四九年十月一日……同年十一月二十二日中午……五〇年三月……自六月至五二年四月期間……據說一九五三年是……」凡此皆有類新聞或報導文學，亦文亦史，意在強調所述為真。

這種敘事方式，既營造逼真氣氛，更襯託出大時代小人物之身不由己。但因抱著存真心態，步步為營去記述，沒留多大想像空間又或不大想放手創作，少曲折離奇之情節或言行出色之人物。《紅樓夢》作者雖自道乃記其平生所見所聞之幾個女子，覺其行止見識，皆在我之上，萬不能因我之不肖而使彼閨閣湮沒無聞，但優勝處在於書中角色性格奇特，皆可謂絕代之人，寫的又是兩個大家族枝葉繁茂的人物，而彼輩對話精警，衣飾文物又精美細緻，且多象徵意義，這種種精采之處加起來，纔成就其為一代名篇。最重要的，正如阿城所說，是其象外之意，也就是詩意——並非僅指書中之詩詞作品而已。如祇論故事，《紅樓夢》其實單調沉悶，就祇是表哥表妹愛而不得，好事多磨，兩人死去活來，加上你一句我一句，人人風言風語一大堆。

作者將心上的顛倒夢想恐怖，平生的痴心妄念，半世的憤懣怨憎，再重整梳理，鋪排成一自成系統的敘事結構。讀者的興趣是對著此心靈史去印證人生世相。讀《玫》書時，讀者不是像追看一般小說那樣追問：跟著會怎麼樣？下一步又如何？（What happens next）而是對自己生活經驗和所瞭解的現實作確認（confirmation）、擴大或深化。閱時會生出感喟：真是這樣的，人生的確就是如此。回憶書寫藉敘事策動之力，應不夠曲折離奇，缺少奇思壯采，更難言新奇好看。自傳式作品每擺動在事實與創作兩種拉力之間。而將重心衹放在心靈絮語，缺少對話，更容易犧牲了情節之推動力。

歷史敘事也好，小說創作也好，每借助一些物件來串聯情節，去象徵故事之精神面貌及人物之思想際遇。物件有如場景道具，向觀眾提供劇中人之身份感情。觀眾每以物件作切入點，藉之進入劇中人的回憶或經驗世界（如偶然打開舊相簿或首飾盒），又或因之感受到現場破落的氣氛。西方現象學視物件為內心的外在化，而中國傳統詩學也將寫景當作寫情。把此觀點引申到場景上，張愛玲筆下的香港每是太平山頂及淺水灣（而且是大酒店），都不是勞苦大眾常去的地方。而《玫》書除了大陸時祖輩的流亡路線，其後的廣州澳門都曾載負著「南來」包袱，說到香港則多是鯉魚門調景嶺將軍澳九龍城油麻地旺角大角咀佐敦道等。華燈照眼，梯山病猿，說不盡的滄桑世路，顛沛流離。人世間多少奔波淒苦，死生契濶，單看這些場景已能透出一二，尤其是上世紀五六十年代。說盟說誓，說情說意，原來也得看發生之地。就像詩詞，風雪灞橋驢背與枯藤老樹昏鴉，對傳統文人都不單是寫景之句而已。以前荷李活電影說到香港，總是鴨巴甸石板街，女人都得穿旗袍纔算數。

而張愛玲的山頂淺水灣，也有這類東方主義 Orientalism 的異國風情蠻風秀水，一抹斜陽映照，很合某類讀者的審美胃口。

8 結論：興怨詩學和悲劇意識

文首那地鐵小姊姊沒有位置，在至親之間硬擠些空位出來算是自己的。她此後的歲月，在母親妹妹中間恐怕也脫不出這擠位置的夢魘，可能從幼到老也不知為甚麼要爭位置，甚至不知自己是在爭位置。缺少安全感，卻不大知道自己缺少安全感；不記得為甚麼會捱罵，為甚麼罵了還是要爭。雖然天地過客，但爭不到位置，沒有實質的東西可以掌握，更沒有留下甚麼有意義的東西，也是人生一大憾事。自己無端端多了出來，竟如詩經所云：「苕之華，其葉青青，知我如此，不如無生。」而那母親有孩子可以愛可以罵可以誤會，在車走雷聲語未通之中轟轟烈烈過日子，火火雜雜的人生卻也算不枉了。對女人或者沒有甚麼比生孩子更重要，而《玫》書作者可能覺得還有寫作或可與之相提並論。是耶非耶，寫得夠好嗎，她似在不斷自問。她對所處之環境與時代，也時露迷惘與無奈之色，身在其中，卻如檻外之人。地鐵小姊姊在母與妹之間可能一生都是邊緣人，我這旁觀者更是邊緣之外的過客。《玫》書作者則似陸游之句「此身合是詩人未？」恆在自問。在手執靈珠常奮筆，在孩子愛死上帝和她愛死孩子之間，將如是焉老死。

《玫》書是憂患之作。佛洛斯特 Frost 曾論詩之起也，乃因骨鯁在喉，如鄉愁黯黯或相思難遣，必吐之然後快。一首好詩應是情能盡意，意盡其言。A poem begins with a lump in the throat; a homesickness or a love sickness. It is a reaching-out toward expression; an effort to find fulfillment. A complete poem is one where an emotion has found its thought and the thought has found words.《玫》書正是深怨瀰漫，哀音似訴。前塵家事，滔天巨變，親歷與否都似一定要傾吐出來，用盡最後一口氣也得要說個清楚。脂硯齋評《紅樓夢》，有句曰「芹為淚盡而逝」，那種拼盡最後一口氣之死勁竟似也見於《玫》書之弱質敘事人。佛洛斯特另有名句謂「詩始於喜悅而終於徹悟。」“A poem begins in delight but ends in wisdom.” 而這一觀察則剛好與《玫》書相反了。也不關乎詩與小說有別，小說也常提神悟一刻 epiphany，通於徹悟妙境也。《玫》可謂始於迷惘哀傷而終於不識不悟。唯愛為大，唯死最真。雖然，接受了事不可為，知道了終不能悟，那也是一種悟。所悟者乃不悟，亦即不悟之悟。

音樂上有所謂晚期風格，而薩依德認為這有兩種：一是平和紓緩，融洽和諧；一是衝突反抗，激烈鬥爭（以貝多芬為代表）。本來他所說主要指技巧，但境界其實亦有此二分現象。《玫》書敘述者內心充滿掙扎矛盾，至死也不能平靜下來。牟宗三說晚年看境界，他所說的境界應不止於平靜紓坦之境，更多是指對苦難之領略體悟，對人生之深刻觀察（《玫》書末段說：「在實踐的過程中我對晚期就是災難又有了更深刻的體會。」），否則史遷屈杜等堅貞執著之士無以言境界。《玫》書作者燈蛾撲火之勢，我不入地獄誰入地獄之精神，亦是境界一種，卻是充滿不安的晚年風格。

王國維道：「南宋詞人，白石有格而無情，劍南有氣而乏韻。」借此數字去品評小說，則張愛玲有格而無情，鍾玲玲有情而乏韻。鍾玲玲似缺少搖曳風致，沒有張愛玲隨處流露的機智比喻與尖刻世故。但寫作一如為人，缺點也往往是優點。太史公在《報任少卿書》及屈賈伯夷等列傳中，憤懣直是噴薄而出，以長歌當哭，而這樣的文筆也可謂有氣而乏韻。杜甫很多詩都無甚意韻（如其力作《北征》）。文章貴乎誠，孔子與王國維論詩文，最忌游辭。誠則直，直則少文質樸，而此亦是《玫》書特點。

《玫》書有一種悲願與同情。牟宗三嘗言《紅樓夢》是小乘，《金瓶梅》是大乘。《玫》書擺出之格局不能渡人，其實連自己也渡不了。然其憂思難遣，對宇宙人生、對林中小鳥，在在不能放下，枉論歡喜自在了。那敘事者之鬱結，或來自本身性格，但更有來自時代社會者。有似漂蘭根白，失去泥土，又像一腳踏空，對他人或許沒甚麼大不了，但對心靈敏銳之文人可能是心靈重創，終生難愈。書中絮絮叨叨，都是對孩子的愛。說不清楚，仍一定要說。況周頤道：「吾聽風雨，吾覽江山，常覺風雨江山之外，有萬不得已者在，此萬不得已者，即詞心也。」所謂萬不得已者，也就是不知怎樣好，不知何以為懷。悲憫未必來自佛家，更難分小乘大乘，文人之詞心亦屬此感覺，是不能自已，是體物貼情，欲與萬物相親，是心靈與宇宙相連，但又總覺不大連得著，亦不大說得出來。說不出來而又令人覺得你說不出來，更令讀者生出同情。

儒家認為詩有興、觀、群、怨之效，就中觀與群二項較著重實用，甚至是社會功能，而興及怨則與文學心理有關，故此處特拈出興和怨兩個觀念來總結《玫》的藝術性質。興可說是中文詩之最大特色，其較狹義且為人熟知的解釋，是先言他物再說此物，尤其是從外物突入內心世界。但興最有意思和價值之處，反而是讀者因著興發感動而領悟出作品之生命品質。此特質本就藏在作品之中 potential effect，讀者如響斯應感而遂通，引發出一種感悟與聯想。是故興可以是從閱讀而生，不單是由事物而起。《玫》書所述之亂離時代、飄零家世、無力之感，都能令讀者生出感發聯想。無力，但又清晰具體地把無力呈現出來，是無力之力，引出悲憫同情與低迴，驗證人生之荒涼與無奈。這就是興。

王國維曾讚「後主則儼有釋迦基督擔荷人類罪惡之意」，驟看毋寧說得過份，其實他是由「興」而生出聯想，非謂後主真像釋迦基督那樣偉大，而是說後主悲哀之深、蘊含力量之大，實包括了亘古之哀，指向人類共通之命運。換句話說，王國維著眼的，是後主詞中的興發能量，使他感受到一股龐大之力，有如望著滿溢的水塘或汪洋大海，識吞吐之無窮，嘆天地之悠悠。王氏有點語焉不詳，但其評論亦屬一種興的聯想作用。《玫》書沒那種擔荷人類罪惡之大力量，但作者傾盡多年心血，似武俠小說所謂用盡平生功力，去紀錄去敘述，去讓世人知曉，也足當上述王氏「後主則儼有……之意」中「之意」兩字。有此拼盡之心也。而順此興發聯想之思路去看，則《玫》書作者所注之平生「能量」，一似佛經所述：有阿修羅採四天下花，於大海釀酒。單是那份苦心已令人感慨，釀得成與否先且莫問。微聞苦寒異香，冷香飛上詩句，也足使行人頻頻回首，咨嗟不已。

讀《玫》書不會令人震恐，卻能擴濶視野，感嘆作者之苦心孤詣，也加深人生之體驗，印證我們聽聞甚至親歷的逃難故事，與上下兩輩溝通之困難，檢視自己經歷過的惘然與冤屈，甚麼都把握不著，又偏不知把握不著的是甚麼。所謂日月逝於上，體貌衰於下，忽然與萬物遷化。讀者雖然不必與作者同一感慨，但藉著書中所呈現的莊嚴世界，更能觀照自己的人生，設想換了自己會怎樣面對這樣的困局，又或面對時如何敗而不潰。普魯斯在其巨著之末尾大致說過這樣的話：

「每個讀者都是孤身上路，自己看自己的。但一本書竟如一面放大鏡，讓他看見一個本來根本不會看到和經歷到的大千世界。讀其書而知其人（亦即作者），固然如是。但更重要的，是讀其書而知自己，而從這知自己中又可證此書之為真實，有其自足之世界歷歷可尋，不能徒以虛言妄語小說家言而等閒視之。」

"In reality, every reader is, while he is reading, the reader of his own self. The writer's work is merely a kind of optical instrument which he offers to the reader to enable him to discern what, without this book, he would perhaps never have experienced in himself. And the recognition by the reader in his own self of what the book says is the proof of its veracity."

上面所述皆屬興之特質。以下再說怨與悲劇意識。《詩經》所詠多是怨悱之情。怨而不怒溫柔敦厚本就是詩教傳統。《玫》書則是怨而甚哀，怨而轉傷。中國文學缺少古希臘大人物與命運迎面相抗之崇高境界，但故事中的小人物在大時代中匍匐蹣跚，忍死偷生，雖不成其悲劇，卻表現出一種悲劇意識。佛萊 Frye 謂大樹比草叢更易被閃電擊中 Great trees more likely to be struck by lightning than a clump of grass. 但小草即使不被擊中，也較易受風雨摧殘，更易被人踐踏，小人物更易生出莫名的恐懼與百般的無奈。抑鬱不舒，是《玫》書主調。為其不避不縮，令怨氣更深。中國文人每以小草自況，如「遠志真看小草同」，又或自珍自重，「苔花如米小，也學牡丹開」。《玫》書所寫之小人物，可謂愁深怨極，憂傷以終老。自己本無力量，但力量來自承擔。不斷推大石上山，滾下來又再逐寸推上去。

悲劇意識對作者自己也能產生滌化作用 catharsis。清代李漁自道寫劇本之心情：「予生憂患之中，處落魄之境，自幼至長，自長至老，總無一刻舒眉。惟於制曲填詞之境，非但鬱藉以舒，慍為之解，且嘗僭作兩間最樂之人。」他說的是寫作淨化之功，但要洗滌心靈，得先要真誠面對自己，自臨曉鏡而不驚，不怕雲鬢已改，一直到「臨晚鏡，傷流景，往事後期空記省」而仍仔細道來，不避傷心，此正可總結《玫》書敘述者的特色。王國維用馮延巳的句子「和淚試嚴妝」來概括馮延巳自己的詞風。文學與人生，就有這樣的認真和淒美，是華麗與蒼涼以外尋常而浩蕩的世景，卻有春蠶絲盡蠟炬成災的執著。正面人生之苦與荒謬，沒想著掉頭而去或糊混而過，和淚試嚴妝五字，《玫》書作者正足以當之也。

9

餘音：題《玫瑰念珠2018》說部

浪淘沙·其一

莫道不飄零，淚點星星，涼風故國夢重經，夢醒方知原是客，被冷蛩鳴。
縹緲訴三生，囈語連明，朦朧煙水蕩浮萍，錦瑟重題腸斷句，怨似湘靈。

（《玫》書是舊作重寫。書中敘事幾全屬內心獨白，略近意識流。昔人追憶前塵每託之以夢，而明末遺民懷念前朝更多以夢境出之。唐錢起：「鼓瑟舊湘靈。」）

臨江仙·其二

回首月明珠海夜，繁華夢裏東京，江山輕命意難平，無窮杯酒綠，有限鬢絲青。
念念靈珠紅豆子，昆明灰劫曾經，還憑錦字悟雲英，淒涼鸞對鏡，寂寞雁留聲。

（綠酒指美酒。
作者述及父母抗戰以來一直逃難，書中又屢屢推尋寫作之為物。）

臨江仙·其三

三宿才人原易感，斯民離散零星，崖山無處不峰青，揚塵天似醉，蹈海月如冰。
誰怨誰恩歸一哭，痴痴錯錯憎憎，舊亭斜日戀新亭，煙殘香更繞，鐘靜響還生。

（浮屠氏不三宿桑下，恐防日久生情。
書中述及上世紀五六十年代調景嶺事。嶺上多難民及民國舊人。
離散：《哀郢》語，與近世 Diaspora 之意或有近之。
又宋末兵敗崖山。）

蝶戀花·其四

記倚闌干聲隱隱，落蕊斜陽，煙裏紅牆近，縹緲清商誰院本，桃花扇底餘殘印。
詞客聞歌知有恨，宛轉低迴，不類閒金粉，六犯相連加險韻，笙歌漸遠難尋問。

（院本乃雜劇及諸宮調之別名。
周邦彥填有《六醜》一闋，即聲調凡六變，亦稱犯六調，如以A調犯B調，B調犯C調……聲調降低昇高凡六次，曲子特別悅耳亦特別難唱，故稱六醜。）

蝶戀花・其五

莫近高樓簾捲處，半日西風，半日東風雨，萬里飛霜如有訴，天狼西北弓誰舉。
更著鵑聲聲幾許，都是行人，都是銷魂旅，如此關山如此路，空留殘月依南浦。
（江淹《別賦》：「送君南浦，傷如之何。」）

玉樓春・其六

寂寥金爐何曾暗
一霎風來猶吐焰
鍾家女子困鍾情
多夢餘生都是魘
嚴霜六月飛難歛
淚掩空山光閃閃

遙思憔悴釀花天
悲憤詩成憐蔡琰

（當代美國史學家論「現時」的實在特質 actuality，指所有的過去其實都是由「此時」往回推溯，都被「現代性」扭曲，過去遂成片段、殘跡、廢墟或灰燼。「曾是寂寥金燼暗，」李商隱詩句。金代元好問詩：「百年遺稿天留在，抱向空山掩淚看。」東漢蔡文姬著有《悲憤詩》。）

玉樓春．其七

玉溪千古傷春淚
未許明流成暗墜
人天消息是耶非
浮木盲龜滄海水

相逢莫問今何世
趕路荒村宵雨霽
生傷人散未歌終
死惜春紅春雹碎

（玉溪：李商隱。其《曲江二首》末句云「天荒地變心雖折，若比傷春意未多。」昔人寫天地翻覆之局，每託之以傷春閒愁。錢鍾書亦有句云：「傷時例託傷春慣。」佛經謂人身難得，而生而遇法，更有如盲龜遇浮木於大海中。南朝女子劉令嫻句：「雹碎春紅，霜凋夏綠。」《玫》書最後想像生命將盡情景。）

踏莎行·其八

六代魂招，五陵客醉，未除人我貪嗔累，煙波江上自文章，晚晴山色浮新翠。

曇誓青天，空桑赤地，悲生憫死無由避，廣明明月共笳寒，釣魚人遠蒼茫際。

（曇誓天乃道家諸天之一。廣明是唐僖宗年號。《玫》書作者是保衛釣魚臺運動健兒。）

後序

近年每日填詞一兩首，月來為寫書評而暫停。此夕文章寫罷，欣然重理舊課，三數日間成詞八闋。固無多芳草美人之意，惜有限黃絹幼婦之辭。有涯之生，無益之事，為戀斜陽，聊裁短什而已。雖易興窈窕之幽思，卻怕辨文章之得失。望逝水之驚濤，悵江關之重賦。

現附錄於此，於文章體例或有未合，然前賢每於小說以至評論文章中載入自己詩句，且此次填詞以至所詠內容，皆可證上文所述「循環詮釋」之義——轉了一圈，往復推尋，仍祇回到評論者自己之意識世界中，具見上述評論，究非作者原義 meaning，祇是衍義 significance 而已也。

西方文論或與時而俱新，要之每能助釋今古疑難。陳寅恪詩云：「紅樓隔雨幾回望，衣狗浮雲變白蒼，天寶時裝嗤老大，洛陽格義墮微茫……」（望字陽平，讀忙）南北朝時高僧每以中土思想比擬佛經，以利其傳播，稱為格義，也就是援經入佛，使民間容易接受。本文則以西方思想以及詩學闡釋小說現象，蓋今古有情，幽光互照，東海西海，其理相通。

又昔讀陳寅恪《論「再生緣」》中所引己詩，曰「地變天荒總未知，獨聽鳳紙寫相思」，「總未知」三字當初不以為意，此夜稿竟，忽覺實含無限淒婉，漸悟其意之遠、其慮之苦。悵望千秋，何止蕭條異代，當世已盡多消失無聞矣。偶爾當窗，見星沉於海底；無端隔座，看雨打向河源。而天荒之慟，鳳紙之哀，臨風遙想，更悲同一轍，長夜書懷，其恨亦有未得明言者。

（筆者按：本書題目出自況周頤《定風波》，其上半闕云：「未問蘭因已惘然，垂楊西北有情天，水月鏡花終幻跡，贏得，半生魂夢與纏綿。」）

附錄：玫瑰遺珠

「情何以堪」

「情何以堪」一詞，台灣人似乎較多用到，以粵人為主的香港人則較少說。廣東人脾性有似牟宗三所說之水滸境界，喜「當下打出」，一不如意便怒火中燒。「有冇搞錯」是向外之質問，是你不對；「情何以堪」則是向內鬱結之情，是我受傷。不是發火，是飲泣、悲鳴、低迴、低訴，是「妾為女子，薄命如斯」（粵劇《劍合釵圓》之曲詞）之委宛。

女性主義符號學家克莉絲蒂娃 Kristeva 特用 Abjection 一字以概括女性的生存景況。此乃哀而漸傷、感而甚傷之意也，這字我初不知中文如何說，及後纔想起「情何以堪」此台灣人較常用之字眼。不堪回首、不堪聞問、不堪想像、何以為懷，種種「不堪」的意思忽然都到眼前來了，就中還偷偷夾帶著不敵、冤屈、含悲、失魂、落魄，及一派惘然的憔悴神情。在邊緣中生存，在邊緣中安身立命，在邊緣中寫下邊緣人的挫折創傷，似乎是不少女作家的宿命。陳寅恪晚年論陳端生之《再生緣》，以至吐盡心血寫柳如是，是特以挫傷之心寫挫傷之女子，不特寫其著作更是寫其身世。

《玫》書無多感時憂國之語（「感物傷我懷」似之），不帶紅淚闌干之情（低迴沉吟似之），又非惻惻輕怨，脈脈情思（不是傳統的男歡女愛），祇覺其一腔悲憤似舒未舒，一懷愁怨欲洩還留。書中不是擺明車馬地譴責甚麼，也沒有清晰具體地細訴所受何傷或所受何辱，祇覺其敘事繁雜跳躍，其章法就是不依章法，讀者唯有把其中一片片印象 impressions 拼湊和並置，再加上其焦慮語氣，推尋其背後之沉哀深怨，其情或就是「不堪其情」之情。

武俠小說描述高手比試內功，兩掌相碰，跟著祇見一方嘭嘭嘭的退了三步。另一人卻紋風不動，嘴角似笑非笑，贏得實實在在，漂亮極了，然後一別過臉，走了幾步後卻哇的一聲吐了一地鮮血。原來為了贏這一招半式，要身體硬吃對方全部力量，也贏來一身內傷。撞擊力是要卸掉的，足球員勾跌對方，一般不會受到重罰，但踩向對方重心腳的脛骨位置，可以馬上紅牌趕出場。因為沒有移動空間，力量全都壓到骨頭上了。而「情何以堪」就是硬接，是內傷，還要若無其事。女士講優雅，日常受了委屈仍得雍容微笑，但可能走不了幾步便吐出半升血，又或都吞盡肚裏，而秀髮一甩，高跟鞋依然步履輕盈。

也許以前曾看過不少法庭片子，聽慣“objection, your honour”之語。Abjection一字每令我想到法庭常聽見之objection。反對，大人。但那又怎麼樣，每每是反對無效，至多由得你說說，或讓你高嚷一番，其實尚未審已鐵案如山。女性對社會、對上天的抗爭，似也注定反對無效objection overruled。Order, order，你且乖乖坐下，靜聽別人質詢拷問，再待本大人嚴正宣判。人天消息，莫不如此秦鏡高懸，於小女子之臨刑掙扎尤然。

「……一從操翰，數更府主，俯仰異趣，哀樂由人……衹以榮期二樂，幸而為男，差無牀簀之辱耳。江上之歌，憐以同病，秋風鳴鳥，聞者生哀……」此清代汪中《經舊苑弔馬守貞文》之名句。馬守貞屬秦淮八豔，而汪藉弔馬而自傷。他做人家幕僚，代筆生涯被他形容得衹比今日之所謂性工作者略勝。文中所提之榮啟期是春秋時人，一次在泰山路邊手舞足蹈，孔子見而問之：「先生所以樂，何也？」答曰：「……吾得為人，是一樂也。男女之別，男尊女卑，故以男為貴；吾既得為男矣，是二樂也……」如此說來，不幸而為女，則誠不樂也，甚至不幸也矣。近世陳寅恪卻自嘆：「榮啟期之樂不知其何樂。」他覺得做男人其實也沒甚麼可慶幸的，總之各有各說。但要弄清楚彼輩說男說女，幸或不幸，其實與近世常見的性別認同無關，而是藉此作憤世以至罵世之言。但《玫》書所述之痛，在時代與社會的動蕩之外，的確有一種與生俱來「情何以堪」之哀。

男女身體構造之別，每做成對肉體關係有不同之道德標準，亦有所謂高力治效應 Coolidge Effect，指雄性動物有本能與多個雌性交配。男人可自吹說「試過」多少，連未試過也要誇口試過，那纔似個男子漢甚麼的。在美時曾聽久居於此的台灣女同學提到與男友分手之原因，說：你可想像嗎？三十多歲了仍是處男啊。被她看不起，原來因為他仍保有未用之身，早知便瞪大眼睛認作「用過」好了。多用好，少用不好。不怕用，用不怕，怕不用。黃春明小說便有述「千人斬俱樂部」之英雄。但到《玫》書敘述者自道乃「用過」之軀，則比「差無牀簀之辱耳」更加滄桑觸目，真實淒涼。

玫瑰素心

玫瑰念珠四字，有一種苦美，在祈求與贖罪、哀憐和悲憫中，另有人間貞靜和大信。玫瑰幽香如夢，有似在復活節和清明節，春天似去未去之時，漫天都是追憶，一天仍在思省。若有所謂解脫，應該就在這悔與悟之際、在惺忪與澄明之間的一片模糊光影，不大知何情何意，唯是朦朧。

玫瑰經英文喚作 Rosary，見到這字我有時似隱隱聽到的，遙遠的中世紀 Gregorian Chant 在教堂響起，又或何處飄來 Johan Sebastian Bach 的管風琴音樂，那是「聖詠前奏曲」，一片虔敬肅穆，外面的陽光透過彩繪磨砂玻璃，灑在教堂的長椅和地上，光芒散溢在空氣之中，這時人間的罪孽可暫時放下，怨憎在光暈的一圈一圈中深邃綿遠。Rosary 的拉丁字根有玫瑰園之義，原來苦難也可令人耽於其中，沉沉心事，哀頑淒美卻又簡靜不驚。

江淹整篇《別賦》最令人感心動魄之處，不在其寫離別之苦，而在其寫此時此地此情之美：「春草碧色，春水綠波，送君南浦，傷如之何。」以玫瑰念珠之美好幽香，寫苦難之深重與救贖之無憑，亦有這樣的淒傷難斷而靜意悠悠，令人唯有思省而已。艾略特的“The Hallow Man”有此名句：Life is very long 今生何太長。長乎，不長乎，事本難言，且念一串玫瑰經去。在一串之中念完一生的煩惱，懺遍一生的錯誤，贖盡一生的罪過，很值得。人生或長，念珠不長。平生的哀樂隨著手指移前，珠子一顆一顆往後，雖非一絃一杜，亦可以細思年華逝水，此中自有人世悠悠無盡，玫瑰花開猶豔，玫瑰的香氣綿綿。

小孩心事

少年時在讀者文摘看過一則笑話，大意這樣：

新搬來的隣家有一對幾歲大的小姊弟，一天小姊姊拖着小弟弟的手站在我門口，一本正經地自我介紹：「我是陳太太，他呢，啊，他是陳先生，我們想到你家參觀一下。」「歡迎歡迎，」我請他們入內，「請隨便坐啊。」然後我到廚房斟了兩杯飲品，回到大廳，卻見小弟弟正拖着姊姊的手急步走向門口，姊姊不忘回過頭來客氣地對我說：「不好了，陳先生尿片濕了，要去換片，我和陳先生下次再來參觀啊。」

小孩子扮大人，認真地裝模作樣，但每於莫名其妙處露出馬腳。天地之大，有些人總是努力入世，勉力裝成世故，尤其是一些文人藝術家，但裝來裝去仍是生疏笨拙，無端端就會穿崩。後來我讀馮延巳的詞《鵲踏枝》：

「梅落繁枝千萬片，猶自多情，學雪隨風轉。昨夜笙歌容易散，酒醒添得愁無限。」多情學雪，學得不錯，但好學不學去學雪，雪或梅都是一落地便再沒戲了，隨風而轉，亦隨風而散，祇是勉為其難地掙扎，教人看著辛苦。

《玫》書敘述者百轉千迴，千般世慮，卻祇怕於世情人事，長是外行，終究生手。世途蜀道多險，塵世尋常便生曲折，而禍起每自蕭牆，偏她這麼詫異驚愕，而她自渡不暇還忙着憫死悲生，時露不勝其力不勝其情的生疏笨拙窘態頻頻，扮老成或在她的能力範圍之外。美國吟遊詩人桑德堡 Carl Sandburg 曾如此形容其前妻瑪麗蓮夢露：So childishly gay, but wistfully sad 開心時似孩子般天真，不開心時則滄桑一臉，憂慮滿懷。也不知是福氣還是不幸。

也是我少年時候在雜誌上讀到的，一位李素女士寫的七律，開首是「生亦無端死未能，且隨流俗學為人」，而宋詞則是這樣說：「世路如今已慣」。但有些人可能永遠不會慣。《玫》書所寫的，怕也是這種「學神」一類，就差沒掛著「學」字或P牌在車尾告訴後面的人小心。她百般遷就迎合，學來學去，最後也自知學不成了。若有西方小說常出現的「神悟」epiphany 一刻，就是這最後的心靈自我了斷：不扮了，不好玩，扮不了的。

宗教情懷

《玫》書一開始便提愛上帝愛得要死。上帝是基督教的稱呼，念珠則是天主教的聖物，而《玫》書亦正是以此物命名。書中所述神父彌撒及逾越節等儀式，更屬天主教的範圍。那為甚麼書中用上帝而不是天主教所稱的天主呢。看來「上帝」更多用於日常生活，不獨於基督教為然。亦即是用上帝一詞，更有一種普遍的上天、天意、天命、命運、蒼天、老天爺等意思，以別於個人的意志與行為。作者似是要表達一種人事之上的力量，一種普遍的上天以至文學作品時常暗示的宇宙力量 cosmic force。

這種對超自然力量的感應，貫徹全書。人生之外，人世紛擾之上，尚有一種難以名狀的莊嚴，如天如地又無聲無色籠罩一切人事，此縹緲難蹤之感或可喚作宗教情懷。「玫瑰念珠」一名，亦在在暗示此種上天之力量，非徒人事之悲歡離合而已。聞一多說張若虛之《春江花月夜》有一種「宇宙意識」，而《玫》書於人事憂患之上，更指向一種冥冥天道或宗教意識，比宇宙意識又多了一種天主教基督教有意志的神明，是一人格化的神 personal God 或神祇 deity。而西方自荷馬以來的大作家大詩人，作品亦每每隱含此種神秘力量。

海德格 Heidegger 曾討論希臘雅典帕德農 Parthenon 神殿之特色。那是一座獻給智慧女神雅典娜 Athena 的神廟，四根柱圍着中間空地，形成一種「神聖性」，此文化精神不能單由建築技術及所用材料去衡量。但「神聖」易明，「神聖性」則有點拗口。班雅明 Benjamin 曾論原創藝術品有一種光環 aura，不能由複製品代替。所謂 aura，也是物質以外之靈光，一種抽象的精氣神，倒有些少似「神聖性」的不可觸及，甚難解釋到底是甚麼一回事。

從事英譯中的人遇到英文的抽象名詞每感躊躇，直接去譯很易弄出西化的中文，但不處理又不行。Living，together，whole，unique，都好懂，但甚麼叫 livingness, togetherness, wholeness, uniqueness？又甚麼是 womanhood，companionship？此正是英文的後綴將具體名詞變成抽象名詞，而中國人則較習慣具體思維。初閱《玫》書，覺其情節雖然跳動，尚可追蹤，但仍不能盡得其意，或者就是那文字以外的天人之哀，一種抽象感覺，有

似 -ness，-ship，-hood 等。人天憂思，天道茫茫，本就是觸不著看不到的。

張愛玲說愛情都是千瘡百孔，但千瘡百孔就不要愛情嗎。而海德格更直接指出生命本身就是千瘡百孔，但他仍拼命想將其賦予意義，還不斷發掘與追求其神性。不是神，是「神性」；不是宗教，是「宗教性」，希臘神殿真的有神嗎？是一定要虔誠追問和禱告的，不是相信神會答應，而是虔誠，是在追求本身。在遠方，有一天，可能會有答案如響斯應，而知道自己有限，所以謙卑甚至震慄，這就是目的了，也就是這裏所說《玫》書之宗教情懷，且一往而深，深而至死。

《玫》書的特色在其抽象情懷而非具體情節，一種堅持和信念，至死不逾。蘇東坡的《僧圓澤傳》述唐朝和尚圓澤與書生李源同遊，圓澤自知將亡，與李源約定十三年後於杭州天竺寺再會。李源到時踐約，但見一牧童高唱：「三生石上舊精魂……慚愧情人遠相訪，此身雖異性長存。」原來人身雖滅，本性尚可留存於天壤之間。圍繞著《玫》書的宗教情懷熾熱如火，亦不與人事之遠去而同時曲終。

《愛麗絲夢遊仙境》裏有一隻柴郡貓 Cheshire Cat。初時貓在笑，笑得後來，卻祇剩下貓的「笑容」，再見不到「貓」的真身了。原來物質可以消逝而其特質仍在，mass 與 property 竟能分開（量子世界中原來真有此現象）。具體事件湮沒，有似《玫》書情節匆匆閃過，人物出場離場，生死此起彼落，但籠罩全書的命運感與宗教感，卻聚而不散。

中槍之悲

《玫》書最令我印象深刻的，是絮絮不休訴說鳥兒被殺。鳥兒被一連串事件牽連，驚起，中槍，那比躺著中槍更荒誕與無奈。禍不能避，不知如何避，更不知道要去避，連死那一刻也不知死亡即至。維摩詰經有述維摩生病，文殊問疾，維摩答曰：「以眾生病，是故我病。」這佛經故事新儒家每用作說明主體 subjectivity 之靈光顯露及良心呈現。牟宗三援康德及海德格之論述檢視整個中國哲學，於此要緊處借用西哲之言，分開「所悲」與「能悲」兩種，並以之證「主體」的道德自覺。「眾生病」是我之「所悲」，而就在此悲哀之中，不獨關心到「所悲之對象」，更認識到我這「能悲之主體」，即是知道有我這道德生命，知道我「能悲」。若借用存在主義喜用之 leap 跳躍一字，主體自覺能悲，也可視作道德生命之飛躍。

新儒家牟氏一脈有此說法：中國哲學之精華在儒家，儒家的重心在宋明儒，宋明儒的中心是陸王心性之學，而陸王思想的核心就是良知之說。良心一定要是心靈的即時反應，如惡惡臭如好好色，不能先想一想的。按牟氏之意，一考慮便已不算是良心呈現了。《玫》書敘述者對小鳥中槍事件似是一觸即爆，下筆不能自休，借此事盡訴平生所感。這反應正合牟氏學說之精髓：鳥兒中槍是「所悲」，因直視悲哀，從茲見出「主體」之「能悲」。

一槍即中，可以計算省卻多少子彈費用，可以讚美槍法準確，此皆「經驗世界」的現象，無關善惡。於人命大概也可作如是考慮，如怎樣提高命中率，最精采是前面入後面出。杜甫詠鷹（《畫鷹》詩）：「何當擊凡鳥，毛血灑平蕪。」這位欲「置君堯舜上，再使風俗淳」的詩聖，亦有耽於非道德amoral的野性世界之時。血灑平蕪而無動於衷，甚或覺得壯美，大英雄固當如是乎。當然，「所遇多被傷，呻吟更流血」（《北征》），則更是大家所熟悉親仁愛物的杜工部。

而鳥死，我在乎，則起此一念之仁心，亦體現了天心。牟宗三有兩重存有之論：「經驗存有」與「價值存有」。若生出悲憫，良知透過主體呈現，則頓成道德意識之「價值存有」。牟氏之儒欲與天地萬物合一，他晚年論天道性命相貫通，但不能忽視良知最初呈現的一刻，亦正是《玫》書敘述者所起之惻惻哀情。

《玫》書飛鳥中槍事件，是引述別的作家而非親自目睹。中國文學最重要的觀念是「興」，由物及心，由外至內，而觸發之機可以是一首詩一篇文一個故事，不一定是眼前所見之物（如關關雎鳩）。歷來創作之由，大致可分兩種：一是文學來自文學，一是文學來自生活。例如龐德 Pound 之鉅著《詩篇》*Cantos* 大量用典，而艾略特 Eliot 強調荷馬以來之歐洲心靈與傳統，這近世歐美兩大詩人之主張，較近文學來自文學一說。而佛萊 Frye 之基型論 Archetypal Criticism 研究各原始民族之風俗以及同種之間的心靈潛意識，或可歸入文學來自生活一派。是故《玫》書從別的作品引述事件，亦是「興」之一種。至於《玫》書裏面引述經典著作之處，則帶有文學從文學而來的色彩。

當年於美國大學城，一次週末黃昏幾位同學聚在其中一人的宿舍閒談，那公共大廳是伸出草地的平房，其玻璃屋頂有點像法國羅浮宮。我們坐著看電視，忽聽霹拍兩響，然後屋頂隱約多了兩塊混著羽毛的血漬，有人就說是飛鳥撞死在玻璃上了。那兩聲分隔約一秒。我當時想，鳥兒有沒有可能避禍呢？看來不可能，根本看不出那是玻璃，不知道又如何避。但第一隻不知，第二隻呢？也來不及了，而且應該沒想過要避。原來有想像的鄉愁 imagined nostalgia，也真有命運共同體。歸鳥赴喬林，不能再翩翩厲羽翼了，今宵也再不可以一同棲息。至於《玫》書飛鳥之殤實是與全書主調一致：書中父母子女每是為對方而活，大家又受時代巨浪牽引。此中之哀，每是環環相扣之哀，身不由己之哀，是故書中幾乎是有情皆缺憾，無業不牽連。眾人左倒右傾，卻不大知道為何落得如此下場。沙特名劇 *The Exit* 裏說 "Hell is other people"，不知《玫》書的亂世離散，纔更似是地獄。至於體物同情，鳥死我悲，於此處亦可透出書中的敘事角度、語氣、生活態度及生命情調。事生於外而感動於中，眾生多病，我不得不病，直到病死而後已。

崩壞之前

我從小愛看宇宙天文的書籍與紀錄片，雖是名符其實的坐井觀天，但祇要出現在眼前，即使已看過多次，我也不厭其煩再看。我想也可能是那些英文遺詞造句，與我較熟悉的文學句子有異。多年來看此類書刊及片子，若有皮毛之得，則有二字最為驚心，就是 decay 衰敗 ，與 collapse 崩塌。譬如沒有超新星的向內崩塌，不會有鐵鈣鈉等元素，亦根本不可能有人類存在（我們的肉體不少元素來自星塵）。還有是衰變連連：放射性會衰變，太陽系在衰變，黑洞會衰變、銀河系在衰變，甚至宇宙亦在衰變，無一不在衰變當中，固不獨紅顏會彈指老去而已。

李商隱《回中見牡丹為雨所敗》有句：「萬里重陰非舊圃，一年生意屬流塵。」付予流塵者，又豈止是一年之生意（指生機）。杜甫詩：「雨中百草秋爛死。」在春天即使能苟延，到秋天亦不能殘喘。曾多次去洛陽牡丹節，花節分初中晚三期，都有名稱，第三期叫「衰敗期」，顧名思義牡丹已是半殘時份。許是因復活節假期的緣故，我去時總是「衰敗期」。初時還怪其名稱起得難聽，到後來反覺敗便敗了，事所必至，本當如是。能目送花殘至謝，讓花與人共老，也有些意思。亦未免有情，聊以遣此而已。

《玫》書寫個人家庭社會都在崩塌衰敗，敘述者最後描寫的是自己「衰敗期」的最後一刻，似是併出餘下一口氣，說夠了夠了。她不能如哪吒般割肉還母，就衹能將身體還給天地，既可說是一種神悟 epiphany ，但如此解脫又沒有戲劇之洗滌作用 catharsis 。落了白茫茫一片，而大地卻從不乾淨。「這時代，舊的東西在崩壞……」張愛玲早說了。《玫》書一開始便說收到明信片，悠悠人世，陽光滿地。但到得最後，一室之中，全為腐爛與死神佔滿。不止是死亡之哀，更令人窒息的是死亡之地，也就是其「死所」，即是困於一室，除她之外並無人影。

《玫》書的創作大概沒受到張愛玲之死的景況影響，但書中敘述竟似暗合張之淒然撒手，與世相違，無人聞問。張死後多日纔被人發現，而若按《玫》書之敘述，則主角之絕命也不會即時有人知曉。獨困於四壁之中，一生所欲與焦慮也禁閉於此。這裏是否寂寞，外面是否熱鬧，大概不會在臨死之人的思緒，回憶或考慮當中。都沒關係，互不相干，了無干涉，而世情人事各自冷暖，亦往往如此。

不過，王維《辛夷塢》卻道：「木末芙蓉花，山中發紅萼，澗戶寂無人，紛紛開且落。」其開其謝，有人見到嗎？沒有。衹是自生自滅而已。若有熱鬧，或衹是紅萼自己尋的熱鬧。從大時代看，整本《玫》書所述，亂世小人物，生生死死，又有什麼大不了。敘述者書末自道消亡，則一室之中，半生哀痛盡現此時，撒手前心竭力盡，但室外紅塵擾擾，又有誰人理會此一角落。沒事，好像什麼事都沒有發生。

但王維詩中的芙蓉紅萼，卻有其莊嚴美態，淒絕繽紛，自開自落於澗戶之中，有天壤知曉就好。其中「紛紛」、「自」、「開落」等字，尤令人感心動魄。詩人留下此景，待有情人同此一嘆。山中「發」紅萼，此發也，是生命的萌動，不得謂之無聊。唯此興發感動，生生不息，於作者與讀者皆有觸動與所得。

日本人有「一期一會」或一番一會之說，即每一天每一事，都是今生祇此一次。荷馬的史詩 *The Iliad* 有此名句，大意是：

每一刻都可能是我們的最後一刻，但事情反因我們都註定滅亡而變得更加美好。你不會比此刻的你更加可愛了。我們永不會再次在此相逢的。

Any moment might be our last. Everything is more beautiful because we're doomed. You will never be lovelier than you are now. We will never be here again.

《玫》書敘述者最後說：「沒有所謂了。」其實是有所謂的，所以她纔巴巴的記述幾代人的生死情緣。解脫之道就是用文字書寫（此亦是《玫》書之旨，書中曾細論寫作之為物）。莎氏比亞的悲劇到最後總會留下一人，主角死前交託他把事件說出去 live to tell the story，好讓世人知道。人非草木，連草木紛紛自開自落，也得要有人寫下來，我們纔得以知悉和嘆息不已。

遺恨加憤懣

一般說遺恨，有兩種可能，一是人死了而恨意仍未得消，留下長長的恨與憾，故特以遺字名其恨之本質。一是事過情遷已久，但恨意仍未平，所以稱之作遺恨。玫瑰一書說恨，每令我想起遺恨二字，自是書末敘述者自道身亡之情形。而現實也好，想像也好，所謂撒手塵寰，似仍有執著，仍有一團火未熄滅，雖衹是閃閃鬼火而已。但整篇由頭尾本就意有未平，總有些甚麼說未完講不清，有似陸機《文賦》所謂「恒遺恨以終篇」，故上述遺恨的兩種意思都盡收《玫》書之中。

前人寫鬼，尤其是女鬼，似喜說其歸來是為盡未了之責、完未了之願、續未了之情、報未了之仇。《爾雅》釋鬼為歸，也指向未了之義。但曰歸曰歸，偏是無處可歸，歸而不知其所。《玫》書並非寫鬼，但敘述者之存在，似一直都是為了某種責任，不論是家庭責任或社會責任，總之她有她的功能作用，到最後甚至說自己「用過」，這樣說比起一般的意難平更是恨恨不已，恨意難消。

精神分析學派認為憂鬱與追悼相異亦相同，兩種情懷都是因所戀之對象失去而起，而女性主義文學批評更指出憂鬱本就是女性生存的本質（見克莉絲蒂娃 Kristeva 所論）。而對憂鬱與死亡的書寫，也可視作《玫》書作者的救贖方法，自甘沉迷其中，自願一頭栽進其內，在追悼與自悼的擾攘之中了此殘生。

女主角死亡，尤其是女作家書寫女主角死亡，總是文學中特別令人觸目的情景。另外，金瓶梅女角與紅樓晴雯黛玉之死，西方包法利夫人及安娜·嘉莉蓮娜之走向滅亡，都特別惹人憐憫嘆息，千錯萬錯，想避終究避不了。《玫》書前部份小鳥之無端被牽連，成槍下亡魂，似是一種女性對自己命運的不祥預感，指向終章困死一室之哀。胡言亂語、亂七八糟，都在傷痛中懸崖撒手。但此死卻又有點莫名其妙，似是萬念俱灰，但連死也是無名無份無記認。

《玫》書敘述者似被人生鬥倒，不堪折磨，但其最後之逝世有點曖昧，似是向上帝「攤牌」，可說有點「自絕於人生」（不是「自絕於人民」），但恐怕仍是不能躺平安息，似有鬼魂徘徊不去。借達希德 Derrida 所論某些政治主義如幽靈不散，則作者的心事，反藉此死亡而絲絲飄蕩，在人間不絕如縷，雖不知魂歸何處。

而《玫》書更有其若隱若現的遺民意識，至少是文化遺民之意識。作者雖未必有此心，然書中念念不忘前朝舊事，故土情懷，常帶傷逝悼亡之念。問題是被追悼的主體似有還無，未曾真箇已然無蹤，而追悼者又不大掌握到所悼者究是何物，自己不知以何身份何心腸去追悼，兩頭皆不著地，於是無端之焦慮與無憑之後遺民情結如鬼魅般出沒無常。最真實的，反而是那遺恨氣氛，那遺恨格局及那遺恨的苦味本身。晏幾道的《山查子》有云：「遺恨幾時休，心抵秋蓮苦。」（納蘭容若曾將次句原裝搬到自己的詞中）那也不盡然，秋蓮固苦，實不及遺恨綿綿，無著處無絕期之苦，這種苦味把握不到、看不見說不清，連訴苦也不知向誰訴如何訴。

《玫》書敘述者年輕時奉命回鄉，是父母借她的身體做他們想做的事，此後種種行徑，都似奉他人或社會以至上帝的意旨行事，到得最後，她乾脆連這借出的軀殼也不要了。通篇小說表面有點溫柔敦厚，沒有憎恨，還洋溢著愛，一開首提遠方的來信，帶出異國陽光，但陽光後面卻是一連串人生問題，一種莫名的悲鬱暗暗燃燒。後來借殼還鄉，但此殼似回非回，此身不是此身，此靈不是此靈。主體缺席的還鄉，祇能借屍，終不得還魂，祇是時空的陰差與愛憎的陽錯。

乾隆甲戌脂硯齋重評石頭記有此著名之嘆息：「……芹為淚盡而逝。」《玫》書作者一路走來，從悲天憫人到徹底幻滅，而擁抱宗教、殷殷禱告，全都成不了她救贖的稻草。而其自覺自戀，別有一種刻骨深情，又不能說是白走一遭，書中若有人生意義，就正是在走此一遭，是要走到盡頭方知眼前無路，最終是力盡絲盡淚盡。悲天憫人反成負累，世情如巨石碾過身心，弱質不能倖免。結果是對世情、對渴慕、對人生、對天地哀哀道別，不是揮一揮手那麼瀟灑，是沒有雲彩，祇帶著纍纍傷痕的永別。

書中的天主教信仰與天主教人事出沒其中，有如灰蛇引線，貫穿情節有如東起一串念珠。尼采論基督教以至近世文明，用了 ressentiment 一字去概括。明明不堪受辱，心生不忿，基督教義卻教人轉過臉再捱多一巴 turn the other cheek。法文 ressentiment（末音節略似粵語茫茫的茫）不同英文之 resentment，在文學或哲學上引用一般亦按法文發音，從而帶出隱藏在那堂而皇之的忍辱背後，千年蘊積不洩的憤懣文化。用此思維去理解《玫》書，或較能明白書中似不成比例甚至無緣無故的深悲大怨。敘述者總是滿腔 ressentiment，沉溺其中不能自拔。可能她不止是一個人，隱隱還背負著整個怨懟文化的不忿之情，與遺恨之感如鬼魅般纏繞，你中有我我中有你，再也分不開來。

半生魂夢與纏綿
——鍾玲玲《玫瑰念珠 2018》讀後

作者　翁均志

出版　文化工房
電郵　admin@cplphk.com
電話　5409 0460

香港發行　香港聯合書刊物流有限公司
電話　2150 2100　傳真　2407 3062

出版日期　2022 年 7 月初版

港幣定價　$108.00

國際書號　978-988-79553-3-7

上架建議　文學評論　香港文學

資助

香港藝術發展局全力支持藝術表達自由，
本計劃內容並不反映本局意見。